中 华 经 典 诗 话

诗 品

〔南朝梁〕钟嵘 撰　李子广 评注

中華書局

图书在版编目（CIP）数据

诗品/（南朝梁）钟嵘撰；李子广评注. —北京：中华书局，
2019.1
（中华经典诗话）
ISBN 978-7-101-12409-5

Ⅰ.诗…　Ⅱ.①钟…②李…　Ⅲ.①古典诗歌–诗歌理论–中
国②《诗品》–注释　Ⅳ.I207.22

中国版本图书馆 CIP 数据核字（2017）第 008998 号

书　　　名	诗　品
撰　　　者	〔南朝梁〕钟　嵘
评 注 者	李子广
丛 书 名	中华经典诗话
责任编辑	王守青
出版发行	中华书局
	（北京市丰台区太平桥西里 38 号　100073）
	http://www.zhbc.com.cn
	E-mail：zhbc@ zhbc.com.cn
印　　　刷	北京市白帆印务有限公司
版　　　次	2019 年 1 月北京第 1 版
	2019 年 1 月北京第 1 次印刷
规　　　格	开本/710×1000 毫米　1/16
	印张 14½　插页 2　字数 120 千字
印　　　数	1-8000 册
国际书号	ISBN 978-7-101-12409-5
定　　　价	29.00 元

前　言

　　齐梁年间，继刘勰《文心雕龙》之后，钟嵘《诗品》应时出世，宛若盘古开天，而为吾华夏古国现存最早之一部经典诗评专著。清章学诚谓："《诗品》之于论诗，视《文心雕龙》之于论文，皆专门名家，勒为成书之初祖也。"（《文史通义·诗话》）

　　钟嵘（468？—518？），字仲伟，颍川长社（今河南长葛）人。齐永明中，入国子学，因好学而有思理，精通《周易》，颇为国子监祭酒王俭赏接，荐为本州秀才。齐时，初为南康王萧子琳侍郎，历任抚军行参军、安国令、司徒行参军等职。入梁，为中军临川王萧宏行参军、衡阳王萧元简宁朔记室、晋安王萧纲记室等职。卒于官，世称钟记室。《梁书》卷四十九、《南史》卷七十二，均以文学为其立传。

　　《诗品》当为钟嵘晚年写定。《梁书·钟嵘传》称为《诗评》，《隋书·经籍志》云："《诗评》三卷，钟嵘撰。或曰《诗品》。"大抵是，在唐以前此书已有二名，后来只以《诗品》一名行世。旧本《诗品》分上、中、下三卷，每卷前各有小序。清何文焕始将三篇小序合为一文，置于全书之首。

　　无论是分而为三抑或合而为一，《诗品序》都殊具全书总论性质。或在某种意义上说，它是对六朝时期新的美学原则崛起的总结提升与诗学辨体的一篇宣言书。以评述五言诗为核心，从诗歌的"吟咏情性"的基本观念出发，《诗品序》对诗之诸多理论问题发表了独特的看法：

其一，在传统的"物感"说的基础上，丰富发展了诗情发生的理论命题。钟嵘所言之"物感"，不但包含了自《礼记·乐记》以来的传统自然之气和四季节候变化的感荡，而且还扩展到社会人生的不幸遭遇的激发迫厄，而使人"摇荡性情，形诸舞咏"。大抵是被"物"所感，情动于中，不得不发之于诗了。对此，钟嵘这样描述道：

> 若乃春风春鸟，秋月秋蝉，夏云暑雨，冬月祁寒，斯四候之感诸诗者也。嘉会寄诗以亲，离群托诗以怨。至于楚臣去境，汉妾辞宫；或骨横朔野，或魂逐飞蓬，或负戈外戍，或杀气雄边，塞客衣单，孀闺泪尽；又士有解佩出朝，一去忘返；女有扬蛾入宠，再盼倾国。凡斯种种，感荡心灵，非陈诗何以展其义？非长歌何以骋其情？故曰："《诗》可以群，可以怨。"使穷贱易安，幽居靡闷，莫尚于诗矣。

钱锺书说"嘉会"以下云云，"这一节差不多是钟嵘同时人江淹那两篇名文——《别赋》和《恨赋》——的提纲。钟嵘不讲'兴'和'观'，虽讲起'群'，而所举压倒多数的事例是'怨'，只有'嘉会'和'入宠'两者无可争辩地属于愉快或欢乐的范围。也许'无可争辩'四个字用得过分了。'扬蛾入宠'很可能有苦恼或'怨'的一面……钟嵘说'使穷贱易安，幽居靡闷，莫尚于诗'，强调了作品在作者生时起的功用，能使他和艰辛冷落的生涯妥协相安；换句话说，一个人潦倒愁闷，全靠'诗可以怨'，获得了排遣、慰藉或补偿"（《诗可以怨》）。钟嵘重视诗之怨情的美学原则，主要是针对人际感荡与个体生命情感本身状况而言，而与汉儒的怨刺时政有本质区别。

其二，三义说的诠释与新的诗歌审美尺度的建立。《毛诗·大序》云："《诗》有六义焉：一曰风，二曰赋，三曰比，四曰兴，五曰雅，六曰颂。""六义"说源于《周礼·春官》的"六诗"说；毛公独标兴体，虽含有对《诗经》艺术特征的认识，但其所发挥的大抵是美刺政教的政治伦理意义。而钟嵘把赋、比、兴从"六义"中剥离出来，调整了三者的次序而赋予其新的内涵："文已尽而意有余，兴也；因物喻志，比也；直书其事，寓言写物，赋也。"这里将"兴"提到首位，以"文已尽而意有余"释之，是就其情感表现的整体美感效果而言。而比的"因物喻志"、赋的"寓言写物"，都是从诗之艺术表现的形象美质着眼。"三义"又与其"感物"说相联系，而构成其纯粹的诗情表现论。所以他进而说：

宏斯三义，酌而用之，干之以风力，润之以丹彩，使味之者无极，闻之者动心，是诗之至也。

由"三义"的应交错推衍运用，而提出了"干之以风力，润之以丹彩"的诗美理想。钟氏认为，以风力为骨干，用文采来润饰，这样的诗始能获致余味无尽感动人心的艺术效果，亦为诗之至境。

其三，在与四言诗的比较中，确立五言诗的崇高地位，建立其以"滋味"为核心的美感鉴赏论。随着汉魏以来文人五言诗的兴起、成熟和发展，钟嵘对这一诗体独特的审美价值作出了最为深切的体认和阐发：

> 夫四言，文约意广，取效《风》《骚》，便可多得。每苦文繁而意少，故世罕习焉。五言居文词之要，是众作之有滋味者也，故云会于流俗。岂不以指事造形，穷情写物，最为详切者耶？

这是钟嵘关于"四言"与"五言"之优劣高下的美学辨体宣言。在钟嵘看来，四言诗固然"文约意广"，即谓从单句而言辞简意深；但以整篇而论，又未免"文繁而意少"，即句子繁冗而内容相对贫乏。虽然为诗体正宗，四言却越来越为世所罕习。与之相较，五言的优异在于，其文辞多寡在众体中最为适当，有美感滋味，而合于时尚为人喜爱；其功能是"指事造形，穷情写物，最为详切"。这几句实是对五言诗艺术表现力的精切概括。萧望卿《陶渊明批评》一书对这两种诗体作过很好的分析："四言诗里每句恰是两个音节，整整齐齐，声调易流于平板、凝重、单调；每句刚容纳两个辞，形式难有变化，也不容易表现优婉、比较多的意思。诗发展到五言，才达到完美的形式，虽然只多了一个字，声调就容易委婉变化，可以接受高一点的音乐意境；（闻一多先生《论诗与音乐》说得很好：四言诗大部分是鼓的音节，五言诗就渐渐由鼓发展到丝竹，由节奏渐渐发展到旋律。）虽然只多了一个字，句的形式就可以生出许多不同的姿态，意义包含比较多，也容易曲折婉转。"如此，在魏晋六朝所谓渐次声色大开的历史背景下，五言诗的盛行就不难理解。而在理论和美学方面首先对之深入总结定位的，则是钟嵘。

其四，高扬"直寻""自然英旨"的诗美创作原则，痛切针砭诗坛流弊。钟嵘重视诗歌的言情质素，而反对诗之崇尚用典风习。他认为诗歌与那些经国治世的文书、辩驳启奏一类文体不同，不宜看重用典，所谓"至乎吟咏情性，亦何贵于用事"，并举出"思君如流水""高台多悲风"等句，作为书写即目所见的例子；又列举了"清晨登陇首""明月照积雪"等，作为亦非用典的佳句，以揭明"观古今胜语，多非补假，皆由直寻"的为诗之道。对于抄书以为诗及以用典争奇斗胜的不良风气，他斥之为"句无虚语，语无虚字，拘挛补衲，蠹文已甚"。进而提出了"自然英旨"的创作主张。所谓"自然英旨"，即天然美好之意。大抵是从这一主张出发，他亦反对以沈约为代表的讲究声病之说，而倡导自然声律论。钟嵘以曹操、曹丕、曹叡所谓"三祖"的诗作为例，认为其"文或不工，而韵入歌唱"，不必如当今某些人一样严守声病；沈约等人过于拘执其说，而流风所及，成为时尚，"故使文多拘忌，伤其真美"。

与刘勰《文心雕龙》的"常倾向于归纳的和推理的批评"（郭绍虞《中国文学批评史》）不同，钟嵘《诗品》则"较偏于赏鉴的批评"（同上引）。他有鉴于世之批评家的"皆就谈文体，而不显优劣"，与选家的"并义在文，曾无品第"的缺陷，单刀直入，而要"辨彰清浊，掎摭病利"，专就五言诗，对一百二十多位诗人以"三品升降"评定其艺术高下。如此，便开启了其独特的诗美之旅。

英雄榜谱式的诗派构拟。自汉末始，品评人物之风兴起。汤用彤论及刘劭

《人物志》时说："创大业则尚英雄。英雄者，汉魏间月旦人物所有名目之一也。天下大乱，拨乱反正则需英雄。"（《读〈人物志〉》）这一品目为文学批评所吸纳，而钟嵘尤善以此种方式评诗。《诗品序》说："故知陈思为建安之杰，公幹、仲宣为辅；陆机为太康之英，安仁、景阳为辅；谢客为元嘉之雄，颜延年为辅。"或以"圣"代之，如《诗品序》称"昔曹（植）、刘（桢）殆文章之圣，陆（机）、谢（灵运）为体贰之才"。而等而下之者，或以"驳圣"称之。如评及何晏、孙楚、王赞、张翰、潘尼时，说其"并得虬龙片甲，凤凰一毛。事同驳圣，宜居中品"。而名列上品的曹植，则是落实这一方式的典型评鉴：

> 其源出于《国风》。骨气奇高，词采华茂。情兼雅怨，体被文质。粲溢今古，卓尔不群。嗟乎！陈思之于文章也，譬人伦之有周孔，鳞羽之有龙凤，音乐之有琴笙，女工之有黼黻。俾尔怀铅吮墨者，抱篇章而景慕，映余晖以自烛。故孔氏之门如用诗，则公幹升堂，思王入室，景阳、潘、陆，自可坐于廊庑之间矣。

自"其源"至"卓尔不群"一段，陈说了所以将曹植置于上品、悬为最高典范的依据，与《诗品序》"干之以风力，润之以丹彩"的说法可以互参，此不具论。而后面一大段譬喻文字，又实是对"陈思为建安之杰"的具体描述。龚鹏程认为，这种评论方法，形成了一种传统。唐张为《诗人主客图》、宋吕本中《江西诗社宗派图》、清舒位《乾嘉诗坛点将录》、近人汪辟疆《光宣诗坛点将录》等，都是仿此而作。由《诗品》始，"建立了一个风格论批评式的作者观，乎构拟了作家间的威权关系"（《中国文学史》上册）。这种方式或显或隐地贯穿在《诗品》当中，具有分疏诗派的潜在意义。

溯源辨体式的历史追索。从大的方面说，钟嵘对五言诗的体源分为《国风》《楚辞》《小雅》三系。而在这三系之下，又有某人源于某某，或颇似、祖袭、宪章某某等指称，虽其间或略有分别，但大抵是溯源辨体式的批评，而又可统归于三系之某一系列。如《古诗》和曹植诗源于《国风》，阮籍诗源于《小雅》，李陵诗源于《楚辞》等。《诗品》中明确标示源流关系的凡三十七人（包括《古诗》一家），但在此之外的某些诗人，亦可据其诗歌风格取向，大致判定其归属。一般而言，"从起源中理解事物，就是从本质上理解事物"（杜勒鲁奇语）。故这种批评能极其深刻地揭示某位诗人诗作的主体诗歌风貌。如李陵诗源于《楚辞》，是就其"文多凄怆"与屈骚精神的关联立说。钱谦益《复遵王书》云："古人论诗，研究体源。钟记室谓李陵出于《楚辞》，陈王出于《国风》，刘桢出于《古诗》，王粲出于李陵，莫不应若宫商，辨如苍素。"以历史的眼光，作风格追索，于某一点上考其渊源所自，确实大多能"应若宫商，辨如苍素"，明了其间的传承与联系，使人准确领悟和把握诗人诗作的特色，有高屋建瓴之感。这也大抵符合诗歌创作取法创变的实际，是一种较为客观的批评方法。

比较评鉴式的体悟辨识。如果说《诗品序》的诗歌理论中包含着一个对四言诗与五言诗的大的比较辨析，那么在《诗品》中，钟嵘于纵向溯源辨体的同时，又有许多对诗人诗艺相似者的横向比较评鉴。前者是大方面的究"同"，后者则是对个体性创作的析"异"。诸如王粲的"方陈思不足，比魏文有余"，陆机的"气少于公幹，文劣于仲宣"，等等。这些比较评鉴，表现了钟嵘深细化的艺术体悟，在辨识中凸显诗人诗作个体艺术风格的独异之处。从源流角度来看，《国风》《小雅》《楚辞》的诗风三系归属是大本大源的探求，而具体的比较评鉴，则是众派争流的万千景观的美的呈现。异中求同固然重要，而同中之异的辨识，则尤需敏锐的艺术洞悟力。

意象喻示式的美感品鉴。钟嵘在具体批评实践中，主要以自然景物为喻，对诗人诗艺加以品题，令人于美感体验中领悟批评对象的美质神髓，可称之为意象喻示式的美感品鉴。如评陆机、潘岳云："余常言：'陆才如海，潘才如江。'"以"海""江"为喻，意谓陆诗如浩瀚的大海一样富赡深广，潘诗似江水一样明净悠长；既揭示了陆诗之深与潘诗之浅，又暗指陆机之才华大于潘岳。又如对范云、丘迟二人评云："范诗清便宛转，如流风回雪。丘诗点缀映媚，似落花依草。"前者来自曹植《洛神赋》"飘飘兮若流风之回雪"，喻指其诗清朗闲美，宛转多姿。后者以"落花依草"喻指丘迟诗点缀映衬，媚趣动人；此或由丘迟《与陈伯之书》中"暮春三月，江南草长，杂花生树，群莺乱飞"而来。孙德谦《六朝丽指》即认为"暮春"四语"借景生情，用眼前花草作点缀。吾恐钟记室品诗，即从此处悟出其诗境耳"。无论假借触发或自我经营，这种意象喻示式的品鉴都靠"悟"来实现，迁想妙得而摄取品鉴对象之神，以美感意象来传达美感体验，两相契合之中隐含理性判断。与纯理论的分析不同，它"具有审美经验完整性的特点"，"因为将生动丰富的艺术作品抽象出来，加以归纳和概括，往往失之简单片面（抽象本身就意味着筛选或遗漏），更深刻的东西往往会被抽象的逻辑所掩蔽"（张伯伟《中国古代文学批评方法研究》）。或者可以说，诗亦如禅，一说便错；以美感的指头，因指见月，似更能赏会神合天心月圆之真，使灵明浚发，而蓦然有得。

　　钟嵘的诗歌理论及其美感品鉴的方式方法，当然与魏晋六朝时期的文学自觉与文化生态关系密切。具体说来，诗缘情观念的发展、诗歌技艺的新变与理论总结，及自然山水之美的发现、人物品藻、言意之辩与艺术批评形式的多样等，都是《诗品》所以产生的文学文化背景。但其在传统四言诗之外，对五言诗之美的析说与高扬，及一些相关的诗歌基本问题的看法，在整体上殊具回归诗歌本体，摆落儒家政教工具论说诗的独特意义。而正是在这一高度之上，他的"三品升降"论诗及颇具规模的形式架构，亦是其独张审美之维的一种簇新文本。至于对诸如曹操、陶渊明等诗人的品第措置或有不当，恐怕应从钟嵘的诗美观与其所处时代求解，秉持历史的态度似较妥当；过于诟病，实是凿空责求之论。或许可以说，对钟嵘《诗品》的全部得失，均应作如是观。

　　钟嵘《诗品》的版本在流传过程中多达五十余种，且字句问题多多。曹旭《诗品集注》（增订本）以元延祐七年（1320）圆沙书院刊宋章如愚《山堂先生群书考索》本为底本，取校众本，对之校勘、注释，集其自身研究成果与古今中外研究者的成果于一帙，堪称《诗品》研究的集成之作。用曹旭先生的话来说："因为它已不是原来流传五十多种版本中的一种，而是集注者在大量不同系统版本和宋代类书、笔记、诗话校勘基础上产生的钟嵘《诗品》'新本'。'新本'力图恢复《诗品》原来文字的面貌。"（增订本《诗品集注·再版后记》）故本书在《诗品》原文上，多采自曹旭先生的校勘成果；同时，参考了陈延杰《诗品注》、古直《钟记室诗品笺》、许文雨《钟嵘诗品讲疏》、王叔岷《钟嵘诗品笺证稿》、吕德申《钟嵘诗品校释》、向长清《诗品注释》、周振甫《诗品译注》、杨明《文赋诗品译注》、萧华荣《诗品注译》、陈元胜《诗品辨读》等书，甄别裁定。为避繁琐，对此一般不作说明。《诗品序》的分合问题亦较为复杂，姑按清人何文焕编《历代诗话》本，仍总列全书之首。

　　注书之难，古今同叹。好在《诗品》注释成果已然很多，足资采择。但异说时见，又殊难定夺。大略言之，对诗人生平仕履的注释，除参考上举诸书外，还翻检了徐公持、曹道衡等先生的相关成果，而据以简要介绍。字词句的注释，亦参酌众家，采取字词注解与句意串释兼行的办法，力求准确、简明。另外，适当吸纳学界新说。如钟嵘评江淹"筋力于王微，成就于谢朓"两句，素来索解为难，则取穆克宏先生的卓见，于注中出之。诸如此类，不过融会新知，补订旧案。

　　钟嵘以颖悟殊才，月眼镜心，评骘诗人诗作，构建了一座美不胜收的文字楼台，依稀灯火撩人。直面钟氏文本的微妙，聊作评析。每一则评析，基于钟嵘文本的品语和指涉范围，结合诗人行事、性情等，多援引重要诗作，探求其意旨，赏鉴其诗艺，以与钟嵘漱玉喷珠的精语妙谛印证互发。或有诗人诗作与钟氏评鉴不合者，亦略作析疑，明其究竟。至于学界对《诗品》具体问题的争议聚讼，则不作过多牵扯纠缠。

　　腹少根柢却妄欲著书，绝鲜解会而乔作娱赏，自不免于通人之讥。但差堪自慰的是，无论《诗品》的文字、注释抑或评析，参酌诸家而不敢自必，有所折衷去取或略作修正均谨慎从事。讨米千家，且煮成一锅，羞言知味；兔园称儒，实老生变相，殊乏真解。而素心固执，以为对包括《诗品》在内的一切传统经典，今人应少几分怒目少年式的轻狂，而多一些穆然相向的敬意与欣然莫逆的温情。因为旧邦必待阐扬，文化方能续命。浅学衷怀，如是而已。

李子广

2015 年 5 月于竹园小区谁与斋

目　录

诗品序

　　气之动物，物之感人①，故摇荡性情，形诸舞咏②。照烛三才，晖丽万有③。灵祇待之以致飨，幽微藉之以昭告④。动天地，感鬼神，莫近于诗⑤。

【注释】

①气之动物，物之感人：自然之气使万物萌动，万物变化感动人类。王充《论衡·自然篇》："天地合气，万物自生。"《礼记·乐记》："夫物之感人无穷，而人之好恶无节，则是物至而人化物也。"

②故摇荡性情，形诸舞咏：意谓因此使人的性情摇荡，而表现在舞蹈歌唱上。

③照烛三才，晖丽万有：意谓将以此照耀天地人间，辉映宇宙万物。三才，天、地、人。

④灵祇（qí）待之以致飨，幽微藉之以昭告：意谓靠歌舞来祭祀神灵，并借助歌舞来告白鬼神。灵祇，指天神地祇。飨，祭祀。幽微，指鬼神。

⑤"动天地"三句：指诗歌有感动天地鬼神的巨大作用。《毛诗·大序》：

"故正得失，动天地，感鬼神，莫近于《诗》。"莫近，犹莫过。

昔《南风》之辞[①]，《卿云》之颂[②]，厥义敻矣[③]。夏歌曰"郁陶乎予心"[④]，楚谣曰"名余曰正则"[⑤]，虽诗体未全[⑥]，然是五言之滥觞也[⑦]。逮汉李陵，始著五言之目矣[⑧]。

【注释】

①《南风》之辞：此传为舜时歌曲。见《孔子家语·辩乐解》："南风之熏兮，可以解吾民之愠兮；南风之时兮，可以阜吾民之财兮。"

②《卿云》之颂：此传为舜时歌曲。见《尚书大传·虞夏传》："卿云烂兮，纠缦缦兮；日月光华，旦复旦兮。"

③厥义敻（xiòng）矣：指其歌唱时代已很久远。厥，其。敻，远。

④夏歌曰"郁陶乎予心"：指《伪古文尚书·五子之歌》。其中有"郁陶乎予心，颜厚有忸怩"句。

⑤楚谣曰"名余曰正则"：屈原《离骚》："名余曰正则兮，字余曰灵均。"
楚谣，指《楚辞》。

⑥诗体未全：意谓这些不是全篇都为五言。

⑦滥觞：事物的起源或萌芽状态。

⑧逮汉李陵，始著五言之目矣：指至西汉李陵，始有五言诗体。按，后人
多认为李陵诗为后人伪托。

　　古诗眇邈，人世难详①。推其文体，固是炎汉之制②，非
衰周之倡也③。自王、扬、枚、马之徒④，词赋竞爽⑤，而吟
咏靡闻⑥。从李都尉迄班婕妤⑦，将百年间，有妇人焉，一人
而已⑧。诗人之风⑨，顿已缺丧。东京二百载中⑩，惟有班固
《咏史》，质木无文⑪。

【注释】

①古诗眇邈，人世难详：古诗的时代久远，作者、时世难以详考。古诗，
齐梁时对汉魏流传下来的无名氏五言诗的总称。眇邈，渺茫久远。

②炎汉：即汉代。汉代以五行中的火德得帝位，故称。

③衰周之倡：周代末年（春秋战国）作品。倡，通"唱"。

④王、扬、枚、马：指汉代辞赋家王褒、扬雄、枚乘、司马相如。

⑤竞爽：争胜，争荣。

⑥靡闻：无闻。

⑦李都尉：指李陵。班婕妤：汉成帝的妃子。婕妤，后宫女官名。

⑧有妇人焉，一人而已：意谓除了一位妇女（班婕妤）之外，只有李陵一人。《论语·泰伯》："唐虞之际，于斯为盛，有妇人焉，九人而已。"孔安国注："周最盛，多贤才，然尚有一妇人，其余九人而已。"钟嵘即套用此句式。

⑨诗人之风：意谓《诗经》的传统。诗人，这里指《诗经》作者。

⑩东京：指东汉。东汉定都洛阳，相对于西汉定都长安而言，称洛阳为东京。

⑪质木无文：质朴无文饰。

降及建安①，曹公父子②，笃好斯文③；平原兄弟④，郁为文栋⑤；刘桢、王粲，为其羽翼⑥。次有攀龙托凤⑦，自致于属车者⑧，盖将百计。彬彬之盛，大备于时矣。

【注释】

①建安：东汉献帝刘协年号（196—220）。

②曹公父子：指曹操及其子曹丕、曹植等。

③笃好斯文：很喜爱文学。笃好，深爱。

④平原兄弟：指曹丕、曹植兄弟。曹植曾封为平原侯。

⑤文栋：文坛的栋梁。

⑥羽翼：喻指左右辅佐的人。

⑦攀龙托凤：喻依附有声望的人而立名。后来特指依附帝王，以建立功业。

⑧自致于属车者：喻指文学侍从。属车，古代帝王大驾、法驾侍从之车都叫做属车。

尔后陵迟衰微^①，迄于有晋。太康中^②，三张、二陆、两潘、一左^③，勃尔复兴^④，踵武前王^⑤，风流未沬^⑥，亦文章之中兴也^⑦。

【注释】

①陵迟衰微：即日渐衰微。

②太康：晋武帝司马炎年号（280—289）。

③三张：指张载、张协、张亢。二陆：指陆机、陆云。两潘：指潘岳、潘尼。一左：指左思。

④勃尔：勃然，顿然。

⑤踵武前王：指太康文学继建安之盛。《离骚》：“忽奔走以先后兮，及前王之踵武。”

⑥风流：指流风余韵。未沬（mèi）：未止，未尽。沬，竭，终止。《离骚》：“芳菲菲而难亏兮，芬至今犹未沬。”

⑦文章：此指诗歌。

永嘉时^①，贵黄老^②，稍尚虚谈^③。于时篇什，理过其辞^④，淡乎寡味。爰及江表^⑤，微波尚传。孙绰、许询、桓、庾诸公诗^⑥，皆平典似《道德论》^⑦。建安风力尽矣^⑧。

【注释】

①永嘉：晋怀帝司马炽年号（307—313）。

②黄老：指道家学说。按，道家祖述黄帝、老子，称为黄老之言。

③稍尚虚谈：指颇为崇尚清谈。稍，甚，尽。按，魏时，王弼、何晏祖述老庄，排弃世务，专谈空理，叫做清谈，形成了所谓玄学，到晋王衍时大盛。

④理过其辞：即玄理多于文采。

⑤江表：古指长江以南地区，此指东晋。东晋定都建康，在长江之南，故称。

⑥桓：指桓温。庾：指庾亮。

⑦平典：平淡典奥。《道德论》：这里泛指魏晋时期何晏、王弼、夏侯玄、阮籍等阐发老庄玄理的一类文章。

⑧建安风力：又称"建安风骨"，指建安诗歌所体现的内容充实、慷慨悲凉、俊爽刚健的主体艺术风貌。

先是郭景纯用俊上之才^①，变创其体^②；刘越石仗清刚之气，赞成厥美^③。然彼众我寡，未能动俗^④。

【注释】

①郭景纯：郭璞，字景纯。俊上之才：超越别人的上等才智。

②变创其体：指改变玄言诗风，创作《游仙诗》。

③刘越石仗清刚之气，赞成厥美：意谓刘琨仗着他的清新、刚健的气质，也来助成这件改变诗风的美事。越石，刘琨，字越石。赞成，助成。

④然彼众我寡，未能动俗：意谓当时写诗似《道德论》的作者人数众多，郭、刘二人对玄言诗风未能变易。

逮义熙中①，谢益寿斐然继作②。元嘉中③，有谢灵运，才高词盛，富艳难踪，固已含跨刘、郭④，陵轹潘、左⑤。故知陈思为建安之杰⑥，公干、仲宣为辅⑦；陆机为太康之英，安仁、景阳为辅⑧；谢客为元嘉之雄⑨，颜延年为辅。斯皆五言之冠冕⑩，文词之命世也⑪。

【注释】

①义熙：东晋安帝司马德宗年号（405—418）。

②谢益寿斐然继作：意谓谢混继承郭璞、刘琨之志，努力改变玄言诗风，他的作品很有文采。益寿，谢混，字益寿。斐然，有文采的样子。

③元嘉：宋文帝刘义隆年号（424—453）。

④含跨：超越。

⑤陵轹（lì）：压倒。

⑥陈思：曹植。植被封为陈王，卒谥思，故称。

⑦公幹：刘桢，字公幹。仲宣：王粲，字仲宣。

⑧安仁：潘岳，字安仁。景阳：张协，字景阳。

⑨谢客：谢灵运小字客儿，故称。

⑩冠冕：帽子。喻指首位、第一。

⑪命世：有名于世。命，名。

　　夫四言，文约意广①，取效《风》《骚》，便可多得。每苦文繁而意少②，故世罕习焉。五言居文词之要③，是众作之有滋味者也④，故云会于流俗⑤。岂不以指事造形，穷情写物，最为详切者耶⑥？

【注释】

①文约意广：意谓四言诗从单句而言文辞简约，含意深广。

②文繁而意少：意谓四言诗从整篇作品而言句子繁冗而内容相对贫乏。

③五言居文词之要：意谓五言诗在诸体中文词正好不多不少。要，适中。

④滋味：原指滋养之味。此处引申为意味、风味。

⑤会于流俗：指合于流俗需要。《南齐书·文学传论》："五言之制，独秀众品。"

⑥"岂不以指事造形"三句：意谓五言诗是因为指事造形，穷情写物，最为详尽切当。指事造形，叙事状物。穷情写物，抒情写景。

故诗有三义焉：一曰兴，二曰比，三曰赋①。文已尽而意有余，兴也；因物喻志，比也；直书其事，寓言写物，赋也。宏斯三义，酌而用之，干之以风力②，润之以丹彩③，使味之者无极④，闻之者动心，是诗之至也⑤。若专用比兴，患在意深，意深则词踬⑥；若但用赋体，患在意浮⑦，意浮则文散⑧。嬉成流移，文无止泊，有芜漫之累矣⑨。

【注释】

①"故诗有三义焉"四句：语本《毛诗·大序》："诗有六义焉：一曰风，二曰赋，三曰比，四曰兴，五曰雅，六曰颂。"按，钟嵘将原来的赋、比、兴的次序改为兴、比、赋，更强调兴的重要性。

②干之以风力：意谓诗歌应以充实有力的思想内容为主干。

③润之以丹彩：意谓用文采来润色。丹彩，文采。

④味之者无极：指品味起来，其味无穷。

⑤诗之至：诗的最高境界。

⑥词踬：指辞意不能畅达。

⑦意浮：意旨浮浅。

⑧文散：文辞散漫。

⑨"嬉成流移"三句：意谓轻忽随便，情意无所归止，而有芜杂散漫之弊。

若乃春风春鸟，秋月秋蝉，夏云暑雨，冬月祁寒①，斯四候之感诸诗者也。嘉会寄诗以亲，离群托诗以怨。至于楚臣去境②，汉妾辞宫③；或骨横朔野④，或魂逐飞蓬⑤；或负戈外戍，或杀气雄边；塞客衣单，孀闺泪尽⑥；又士有解佩出朝，一去忘返；女有扬蛾入宠⑦，再盼倾国⑧。凡斯种种，感荡心灵，非陈诗何以展其义？非长歌何以骋其情？

【注释】

①祁寒：严寒。祁，大。

②楚臣去境：指屈原被贬放逐。

③汉妾辞宫：指王昭君出塞。

④朔野：北方荒野。

⑤飞蓬：飘飞的蓬草。

⑥孀闺：指寡妇所居之室。此代指寡妇或思妇。

⑦扬蛾入宠：扬起蛾眉得到宠幸。蛾，指蛾眉。

⑧再盼倾国：李延年《李夫人歌》："北方有佳人，绝世而独立。一顾倾人城，再顾倾人国。宁不知倾城与倾国，佳人难再得。"

　　故曰："《诗》可以群，可以怨①。"使穷贱易安②，幽居靡闷③，莫尚于诗矣。故词人作者，罔不爱好④。

【注释】

①《诗》可以群，可以怨：出于《论语·阳货》："小子何莫学夫诗？诗可以兴，可以观，可以群，可以怨。迩之事父，远之事君。"群，指群居相切磋。怨，指怨刺上政。

②穷贱易安：意谓虽处于贫贱，欣赏或创作诗歌可以乐道安贫。

③幽居靡闷：意谓离群独处时也可以借诗来消愁解闷。

④罔不：无不。罔，无。

今之士俗，斯风炽矣①。才能胜衣②，甫就小学，必甘心而驰骛焉③。于是庸音杂体④，人各为容⑤。至使膏腴子弟⑥，耻文不逮⑦，终朝点缀⑧，分夜呻吟⑨。独观谓为警策⑩，众睹终沦平钝⑪。

【注释】

①今之士俗，斯风炽矣：意谓当时写诗风气盛行。炽，炽盛。

②才能胜衣：身体刚能把衣服的重量负担起来。此极言年幼。

③驰骛：奔走。此处引申为热衷学诗。

④庸音杂体：指其诗庸俗、驳杂。

⑤人各为容：意谓各有各的样子。为容，修饰打扮。

⑥膏腴子弟：即富贵人家子弟。

⑦耻文不逮：以所作诗不如人为耻。逮，及。

⑧终朝点缀：意谓终日作诗。

⑨分夜呻吟：意谓作诗辛苦，夜以继日。呻吟，吟哦。

⑩警策：指诗文精警切要。陆机《文赋》：“立片言而居要，乃一篇之警策。”

⑪平钝：平庸。

　　次有轻薄之徒，笑曹、刘为古拙①，谓鲍照羲皇上人②，谢朓今古独步③。而师鲍照，终不及“日中市朝满”④；学谢朓，劣得“黄鸟度青枝”⑤。徒自弃于高明，无涉于文流矣⑥。

【注释】

①曹、刘：指曹植、刘桢。

②羲皇上人：上古帝王伏羲氏以上的人物。喻地位尊崇。

③独步：超群出众，独一无二。

④日中市朝满：出自鲍照《代结客少年场行》。

⑤劣得：仅得。黄鸟度青枝：出自虞炎《玉阶怨》。

⑥徒自弃于高明，无涉于文流矣：意即这些人徒然放弃了向最好的诗人学习的机会，不能真正进入文士诗人的行列。

　　观王公缙绅之士①，每博论之余②，何尝不以诗为口实③。随其嗜欲，商榷不同④。淄渑并泛⑤，朱紫相夺⑥，喧议竞起⑦，准的无依⑧。近彭城刘士章⑨，俊赏之士⑩，疾其淆乱，欲为当世诗品，口陈标榜⑪，其文未遂⑫。嵘感而作焉。

【注释】

①缙绅：士大夫。

②博论：高谈阔论。

③口实：谈资，话题。

④随其嗜欲，商榷不同：意谓各从自己爱好出发，评判不一。商榷，商讨。

⑤淄渑（shéng）并泛：喻指不能分辨诗之好坏。淄、渑，二水名，在今山东省，旧传二水异味。并泛，合流。

⑥朱紫相夺：喻指不能掌握正确评判标准，以邪侵正。《论语·阳货》："子曰：'恶紫之夺朱也。'"孔安国注："朱，正色；紫，间色之好者。恶其邪好而夺正色。"

⑦喧议：争议。

⑧准的：标准。

⑨刘士章：刘绘，字士章。

⑩俊赏：鉴赏能力高超。

⑪标榜：指品评。

⑫其文未遂：指刘绘并未把他的这些见解写成书。

　　昔九品论人①，《七略》裁士②，校以宾实③，诚多未值④。至若诗之为技，较尔可知⑤。以类推之，殆均博弈⑥。

①九品论人：班固《汉书·古今人表》品列人物为九等。魏晋以来又有九品官人法。

②《七略》：汉代刘歆所作，分为辑略、六艺略、诸子略、诗赋略、兵书略、术数略、方技略七部分。裁士：裁判人士。

③校以宾实：意即考校它的名称和实际。校，考校。宾实，名实。

④诚多未值：指九品论人与《七略》裁士都有很多名实不相符的地方。

⑤较尔：显明貌。

⑥殆均博弈：意谓作诗和下棋差不多，可以分出高下。博弈，古代的棋戏。均，等于。

　　方今皇帝①，资生知之上才②，体沉郁之幽思③，文丽日月④，学究天人⑤。昔在贵游，已为称首⑥。况八纮既奄⑦，风靡云蒸⑧。抱玉者联肩，握珠者踵武⑨。固以瞰汉、魏而不顾，吞晋、宋于胸中⑩。谅非农歌辕议⑪，敢致流别⑫。嵘之今录，庶周旋于闾里，均之于谈笑耳⑬。

【注释】

①方今皇帝：指梁武帝萧衍。

②资生知之上才：意谓萧衍具备生而知之的上等才能。《论语·季氏》："孔子曰：'生而知之者上也。'"

③体沉郁之幽思：意谓能体察深幽的文思。体，体察。

④文丽日月：指文章与日月一样明丽。

⑤学究天人：学识可穷究自然与人事之理。司马迁《报任少卿书》："亦欲以究天人之际，通古今之变，成一家之言。"

⑥昔在贵游，已为称首：意谓过去在贵族竟陵王家，与沈约等人交游时，萧衍已是诸人的领袖，诗坛的首领。《梁书·武帝纪》："竟陵王子良开西邸，招文学。高祖与沈约、谢朓、王融、萧琛、范云、任昉、陆倕等并游焉，号曰八友。"

⑦八纮（hóng）既奄：意指天下既已统一。八纮，八方。奄，同。

⑧风靡云蒸：此以风行草偃、云蒸霞蔚喻指人才聚集，辅佐君王。

⑨抱玉者联肩，握珠者踵武：形容人才之盛。曹植《与杨德祖书》："人人自谓握灵蛇之珠，家家自谓抱荆山之玉。"联肩、踵武，即摩肩、接踵，极言人多。

⑩固以睥汉、魏而不顾，吞晋、宋于胸中：喻指包容、超越汉、魏、晋、宋。睥，俯视。吞，包涵，包容。

⑪农歌辕议：指农民的歌谣，赶车人的议论。此是钟嵘自谦之词。

⑫致流别：品评诗歌源流派别。致，辨析，评论。

⑫"嵘之今录"三句：意谓我如今写下的东西（《诗品》），大概可以在里巷间流传，等同于笑谈罢了。周旋，这里指流传。闾里，里巷间。

一品之中，略以世代为先后，不以优劣为诠次①。又其人既往②，其文克定③。今所寓言④，不录存者⑤。

【注释】

①诠次：编排次第。

②既往：指已死。

③克定：方能论定。

④寓言：原指有所寄托的言辞。此处引申为品评。

⑤存者：活着的人。

夫属词比事①，乃为通谈②。若乃经国文符，应资博古③；撰德驳奏，宜穷往烈④。至乎吟咏情性，亦何贵于用事？"思君如流水"⑤，既是即目⑥；"高台多悲风"⑦，亦惟所见。"清晨登陇首"⑧，羌无故实⑨；"明月照积雪"⑩，讵出经史⑪？

【注释】

①属词比事：意谓写作诗文运用典故。属词，连缀文词。比事，排列史事。

②通谈：常谈。

③若乃经国文符，应资博古：意谓章、表、奏议之类的文章，谈论国家大事，应该旁征博引，多用典故。博古，博通古事。

④撰德驳奏，宜穷往烈：意谓写记叙德行的文章与驳议奏章等，应该尽量称述过去的事实。撰德，记叙德行。驳，驳议。往烈，指前代事迹。

⑤思君如流水：出自徐幹《室思》。

⑥即目：眼中所见。

⑦高台多悲风：出自曹植《杂诗》。

⑧清晨登陇首：张华诗句，见《北堂书钞》卷一五七。

⑨羌：发语词。故实：典故。

⑩明月照积雪：出自谢灵运《岁暮》。

⑪讵：岂。

　　观古今胜语，多非补假，皆由直寻^①。颜延、谢庄，尤为繁密，于时化之^②。故大明、泰始中^③，文章殆同书抄^④。近任昉、王元长等^⑤，词不贵奇^⑥，竞须新事^⑦。迩来作者，浸以成俗^⑧。遂乃句无虚语，语无虚字，拘挛补衲，蠹文已甚^⑨。自然英旨^⑩，罕值其人^⑪。词既失高，则宜加事义^⑫。虽谢天才，且表学问，亦一理乎^⑬！

【注释】

①"观古今胜语"三句：意谓观察古今的佳句，大多不是拼凑典故，都是直接寻求而来。胜语，佳句。补假，补缀假借。直寻，直接状物抒情。

②"颜延、谢庄"三句：意谓颜延之与谢庄用典最为繁密，对当时作者产生了很大影响。

③大明：南朝宋孝武帝刘骏年号（454—464）。泰始：南朝宋明帝刘彧年号（465—472）。

④书抄：指诗歌像典故辑录的类书。

⑤王元长：王融，字元长。

⑥词不贵奇：不求词句奇巧。

⑦竞须新事：竞相运用生僻典故。

⑧迩来作者，浸（jìn）以成俗：意谓近来很多作者逐渐养成了这种抄书以为诗的坏习惯。迩来，近来。浸，逐渐。

⑨拘挛补衲，蠹文已甚：意谓每句都塞满了典故，拘束拼凑，对诗的损害

真是太大了。拘挛，拘束过度。补衲，指补缀拼凑。蠹文，损害诗歌。

⑩自然英旨：指诗歌天然美好。

⑪值：遇到。

⑫词既失高，则宜加事义：意谓文词既不高明，则须加上典故。事义，典故。

⑬"虽谢天才"三句：意谓没有天才而又要写诗，只好借助于典故，以显示自己的学问，也算是一种理由吧。谢，愧无。

陆机《文赋》，通而无贬①；李充《翰林》，疏而不切②；王微《鸿宝》，密而无裁③；颜延论文，精而难晓④；挚虞《文志》，详而博赡，颇曰知言⑤。观斯数家，皆就谈文体，而不显优劣。至于谢客集诗，逢诗辄取⑥；张隐《文士》，逢文即书⑦。诸英志录，并义在文，曾无品第⑧。

【注释】

①陆机《文赋》，通而无贬：意谓陆机《文赋》说理通达，但对作者作品无所褒贬。

②李充《翰林》，疏而不切：意谓李充《翰林论》条理分明而不完全贴切。疏，疏通。

③王微《鸿宝》，密而无裁：意谓王微《鸿宝》细密而未加裁断。

④颜延论文，精而难晓：意谓颜延之论文精深却难懂。

⑤"挚虞《文志》"三句：意谓挚虞《文章志》详尽宏富，很有见识。《文志》，指《文章志》。《隋书·经籍志》："《文章志》四卷，挚虞撰。"

⑥谢客集诗，逢诗辄取：意谓谢灵运编选诗集，不加甄别而见诗就录。

⑦张隐《文士》，逢文即书：意谓张隐编《文士传》，见文章便收录。《文士》，指《文士传》。

⑧"诸英志录"三句：指上举谢灵运、张隐等选家旨在选录诗文，而不品评其高下。

嵘今所录，止乎五言。虽然，网罗今古，词文殆集①。轻欲辨彰清浊，掎摭病利②，凡百二十人③。预此宗流者，便称才子。至斯三品升降，差非定制④，方申变裁⑤，请寄知者尔⑥。

【注释】

①殆集：几乎已聚齐。

②轻欲辨彰清浊，掎摭（jǐ zhí）病利：意谓欲辨明其优劣高下，找出瑕疵与优点。轻欲，便欲。辨彰，辨明。清浊，比喻事物优劣高下的区别。掎摭，指摘。病，瑕疵。利，优点。

③凡百二十人：意谓《诗

品》共品评了一百二十余位诗人。按，《诗品》所录实共一百二十三人（包括《古诗》一家）。此举其成数。

④差非定制：意即还不是最后定论。差，略，大致。

⑤方申变裁：意即还有待于变易、裁夺。

⑥请寄知者尔：意即只能寄希望于真正懂诗的人。

　　昔曹、刘殆文章之圣①，陆、谢为体贰之才②。锐精研思③，千百年中，而不闻宫商之辨④，四声之论⑤。或谓前达偶然不见，岂其然乎⑥？

【注释】

①曹、刘：指曹植、刘桢。

②陆、谢：指陆机、谢灵运。体贰：李康《运命论》："仲尼至圣，颜、冉大贤……孟轲、孙卿，体二希圣。"《文选》六臣注："铣曰：孟、孙二子，体法颜、冉，故云体二。"按此乃以陆、谢比荀、孟，认为二人诗法曹、刘。

③锐精研思：精心钻研。

④宫商：古代乐律有宫、商、角、徵、羽，称为五音。此以宫商概指字的声韵。

⑤四声：指平、上、去、入四声。

⑥或谓前达偶然不见，岂其然乎：意谓有人说这是由于前代贤达偶然没有发现这些规律，难道真是这样吗？

尝试言之：古曰诗颂，皆被之金竹[①]，故非调五音，无以谐会[②]。若"置酒高殿上""明月照高楼"[③]，为韵之首[④]。故三祖之词[⑤]，文或不工[⑥]，而韵入歌唱[⑦]。此重音韵之义也，与世之言宫商异矣[⑧]。

【注释】

①古曰诗颂，皆被之金竹：意谓古代的诗歌皆可入乐歌唱。金竹，代指乐器、音乐。

②故非调五音，无以谐会：意谓如果不把五音调好，音律即难以谐和。五音，这里指乐律的宫、商、角、徵、羽。

③置酒高殿上：出自曹植《箜篌引》。明月照高楼：出自曹植《七哀诗》。

④为韵之首：即音韵调协得好，堪称第一。

⑤三祖：指太祖魏武帝曹操、高祖魏文帝曹丕、烈祖魏明帝曹叡。

⑥文或不工：文辞或不精工。

⑦韵入歌唱：指音韵协调，可以谱曲歌唱。

⑧此重音韵之义也，与世之言宫商异矣：意谓这才是重视音韵的意义，和当今世人所说的宫商不同。

今既不被于管弦，亦何取于声律耶[①]？齐有王元长者，尝谓予云："宫商与二仪俱生[②]，自古词人不知用之。唯颜宪子论文，乃云'律吕音调'，而其实大谬[③]。唯见范晔、谢

庄，颇识之耳④。”常欲造《知音论》，未就而卒。王元长创其首，谢朓、沈约扬其波。三贤咸贵公子孙，幼有文辨。于是士流景慕，务为精密，襞积细微，专相凌架⑤。故使文多拘忌，伤其真美⑥。

【注释】

①今既不被于管弦，亦何取于声律耶：意谓现在既然不用诗来谱曲，讲究声律又有什么用呢？

②宫商与二仪俱生：意谓自有天地以来，就有宫商等五音。二仪，天地。

③“唯颜宪子论文”三句：意谓颜延之却说，律吕就是音调，其实大谬不然。颜宪子，即颜延之，死后谥宪子。按，王融所说的宫商系指喉、牙、舌、齿、唇五音，颜宪子所说则为音乐律吕。所以王融斥颜为谬。

④唯见范晔、谢庄，颇识之耳：《宋书·范晔传》载其《狱中与诸甥侄书》

自述说:"性别宫商,识清浊,斯自然也。观古今文人,多不全了此处。纵有会此者,不必从根本中来……年少中谢庄最有其分,手笔差易,文不拘韵故也。吾思乃无定方,特能济难适轻重。"

⑤襞(bì)积细微,专相凌架:意谓繁琐细微,竞相争胜。襞积,原指衣裙上的褶皱,这里喻指声律的细微繁琐。凌架,超越而上。

⑥故使文多拘忌,伤其真美:意谓人为地让诗受到许多拘束忌讳,就会损害自然之美。

余谓文制本须讽读①,不可蹇碍②。但令清浊通流,口吻调利,斯为足矣③。至如平上去入,则余病未能④;蜂腰、鹤膝,闾里已具⑤。

【注释】

①文制:文章,此指诗歌。讽读:诵读。

②蹇(jiǎn)碍:阻碍不畅。

③"但令清浊通流"三句:意谓只要清浊畅达,念起来谐调,这就足够了。清浊,指两类不同的字音。

④至如平上去入,则余病未能:意谓至于分平上去入,那我做不到。

⑤蜂腰、鹤膝,闾里已具:蜂腰、鹤膝,指沈约等人倡导的应该避免八种声病中的两种。这里以其代指八病。黄侃《文心雕龙札记·声律》篇:"记室云:'蜂腰、鹤膝,闾里已具。'盖谓虽寻常歌谣,亦自然不犯之,可毋严设科禁也。"

陈思"赠弟"①，仲宣《七哀》②，公幹"思友"③，阮籍《咏怀》，子卿"双凫"④，叔夜"双鸾"⑤，茂先"寒夕"⑥，平叔"衣单"⑦，安仁"倦暑"⑧，景阳"苦雨"⑨，灵运《邺中》⑩，士衡《拟古》⑪，越石"感乱"⑫，景纯"咏仙"⑬，王微"风月"⑭，谢客"山泉"⑮，叔源"离宴"⑯，鲍照"戍边"⑰，太冲《咏史》⑱，颜延"入洛"⑲，陶公《咏贫》之制⑳，惠连《捣衣》之作㉑，斯皆五言之警策者也。所谓篇章之珠泽㉒，文彩之邓林㉓。

【注释】

①陈思"赠弟"：指曹植《赠白马王彪》。

②仲宣《七哀》：指王粲《七哀诗》。

③公幹"思友"：指刘桢《赠徐幹》。

④子卿"双凫"：《古文苑》载苏武《别李陵》诗首句有"双凫"二字，但此诗系后人伪托。

⑤叔夜"双鸾"：指嵇康《赠秀才入军》诗第十九首，起句有"双鸾"二字。

⑥茂先"寒夕"：指张华《杂诗》"繁霜降当夕"一首，中有"涸阴寒节升""繁霜降当夕"之句。

⑦平叔"衣单"：指何晏"衣单"诗，今已失传。

⑧安仁"倦暑"：指潘岳《在怀县作》二首，中有"隆暑方赫曦"等句。

⑨景阳"苦雨"：指张协《杂诗》十首之末首写"苦雨"之作。

⑩灵运《邺中》：指谢灵运《拟魏太子邺中集诗》八首。

⑪士衡《拟古》：指陆机《拟古》诗十二首。

⑫越石"感乱"：指刘琨《扶风歌》与《重赠卢谌》一类感乱诗作。

⑬景纯"咏仙"：指郭璞《游仙诗》十九首。

⑭王微"风月"：指王微风月诗，今已失传。

⑮谢客"山泉"：或指谢灵运山水诗。因上文已有"灵运《邺中》"，则此处所指何人实难考定。

⑯叔源"离宴"：指谢混《离宴》诗。按，丁福保所辑《全晋诗》有《送二王在领军府集诗》注云："此诗见宋版《初学记》卷十八，作谢琨。又劣版末二句作谢混。"诗云："苦哉远征人，将乖萃余室。明窗通朝晖，丝竹盛萧瑟。乐酒辍今辰，离端起来日。"或言即系谢混之《离宴》。

⑰鲍照"戍边"：指鲍照《代出自蓟北门行》与《东武吟》之类诗作。

⑱太冲《咏史》：指左思《咏史》八首。

⑲颜延"入洛"：指颜延之的《北使洛》诗。

⑳陶公《咏贫》之制：指陶潜《咏贫士》《乞食》一类诗作。

㉑惠连《捣衣》之作：指谢

惠连《捣衣》诗。

　　㉒篇章之珠泽：意谓以上这些警策的五言诗，犹如珠泽的宝珠。珠泽，地名。《穆天子传》卷二："甲子，天子北征，舍于珠泽。"郭璞注："此泽出珠，因名之。"

　　㉓邓林：比喻荟萃之处，聚汇之所。《山海经·海外北经》："夸父与日逐走，入日。渴欲得饮，饮于河渭，河渭不足，北饮大泽。未至，道渴而死。弃其杖，化为邓林。"毕沅注："邓林，即桃林也，邓、桃音相近。"

上品

古诗①

其体源出于《国风》②。陆机所拟十四首③，文温以丽，意悲而远④。惊心动魄，可谓几乎一字千金！其外"去者日以疏"四十五首⑤，虽多哀怨，颇为总杂。旧疑是建安中曹、王所制⑥。"客从远方来""橘柚垂华实"⑦，亦为惊绝矣⑧！人代冥灭⑨，而清音独远⑩，悲夫！

【注释】

①古诗：齐梁时对汉魏流传下来的无名氏五言诗的总称。按，两汉并无"古诗"名目。晋陆机始有《拟古》。《文心雕龙·明诗》论及"古诗"，萧统《文选》选录十九首。钟嵘、萧统都认为"古诗"是无名氏的作品。

②体：指作品总体风貌。

③陆机所拟十四首：指被陆机所模拟过的十四首古诗。许印芳《诗法萃编》："印芳按，此论汉无名氏诗。陆机拟者，《十九首》中诗，并载《文选》，此书引以为据，非论陆诗也。"按，陆机《拟古》诗今仅存十二首。

④文温以丽，意悲而远：指古诗文词温润而美丽，意旨悲哀而深远。

⑤其外"去者日以疏"四十五首：意谓被陆机所拟古诗之外的四十五首诗。"去者日以疏"，指《古诗十九首》第十四："去者日以疏，来者日以亲。出郭门直视，但见丘与坟。古墓犁为田，松柏摧为薪。白杨多悲风，萧萧愁杀人。思还故里闾，欲归道无因。"

⑥曹、王：指曹植、王粲。

⑦客从远方来：指《古诗十九首》第十八："客从远方来，遗我一端绮。相去万余里，故人心尚尔！文彩双鸳鸯，裁为合欢被。着以长相思，缘以结不解。以胶投漆中，谁能别离此。"橘柚垂华实：指无名氏古诗："橘柚垂华实，乃在深山侧。闻君好我甘，窃独自雕饰。委身玉盘中，历年冀见食。芳菲不相投，青黄忽改色。人倘欲我知，因君为羽翼。"

⑧惊绝：精彩绝伦。《文心雕龙·辨骚》："惊采绝艳，难与并能矣。"

⑨人代冥灭：意谓作者、时代都湮灭不彰，难以知晓。冥，昏暗。

⑩清音独远：意谓清美的音调传之久远。

【评析】

钟嵘《诗品》专门品评五言诗，而以"古诗"开篇，并溯源于《国风》，且重在艺术风格的审美把握，是其诗学谱系中典范确立与诗之本质认定的极为重要的一环，具有独立的文学立场和以别样手眼评诗的开启意义。

"文温以丽，意悲而远"，是对以《古诗十九首》为代表的汉代无名氏五言古诗主体风格的精到概括和审美体悟。这些诗既有《国风》的温婉美好，又具有楚骚悲哀深远的意绪。《古诗十九首》主要抒写"逐臣弃妻，朋友阔绝，游子他乡，死生新故之感"（沈德潜《说诗晬语》卷上）。"去者日以疏"一首，写游子经行城外坟场而感怀思乡之情。首二句说，死者渐渐淡出人们的记忆，活着的人却欢爱如常。中间六句，写丘坟古墓已被犁为田地，墓旁松柏亦被摧折为薪柴，白杨秋风，益增感怆。末二句写油然而生的故乡之思与无由得归的惆怅之情。此诗将生死亲疏的思考与游子乡思打成一片，而"白杨多悲风，萧萧愁杀人"的刻写，殊具深沉的悲情之美。这种悲情之美正是《古诗十九首》的主调，最为撼人心魄。《世说新语·文学》载："王孝伯在京，行散至其弟王睹户前。问：'古诗中何句为最？'睹思未答。孝伯咏'所遇无故物，焉得不速老'，此句为佳。"此外如"人生天地间，忽如远行客"（《青青陵上柏》）、"人生忽如寄，寿无金石固"（《驱车上东门》）、"生年不满百，常怀千岁忧"（《生年不满百》）等，都充溢生命的觉醒与哀凉。

　　大抵基于生命本质的彻底觉解，《古诗十九首》对人世真情更为珍惜。《客从远方来》即写夫妇之情。万里之外的丈夫托人从远方捎来花绸，这可是一片沉甸甸的情意；"故人心尚尔"的"尚尔"包含多少喜悦感激而难以言表。接着"裁被""着绵""缘边"，双鸳鸯图案的绸缎被她制成合欢被、缀以同心结，寄托着两情之好。结末又申之以如胶似漆的祈愿。全诗采用白描、双关手法，情真、景真、语真、意真，诗情淳厚甘甜。

　　《橘柚垂华实》是《古诗十九首》之外的一首古诗，写橘柚花果美好却幽居山中，好修芳菲而委身玉盘，直至青黄改色，寓托才士不遇之况。其体兼风骚，似更具文人色彩。

　　钟嵘以"吟咏情性"（《诗品序》）作为诗之生命本原，注重诗人自身的生命感荡和情感体验，从而把握诗的审美功能与美感特征，故对《古诗十九首》

的艺术评赏颇具洞悟。他固然将其溯源至《国风》，却未像汉儒一样大抵以经学说诗，而是回归情感本体揭橥诗之内在生命，从狭义的儒学释义之网中挣脱出来，独张审美之维。其对五言诗的美感品质的发掘与重建，即始基于此。一般而言，历史地看，"言志论是政治家和经史家的诗论，缘情论是诗家的诗论"（裴斐《诗缘情辨》），而钟嵘的言说即是"诗家的诗论"。这一切，有着魏晋以来生命自觉与文学自觉的历史因缘。而自汉魏无名氏五言古诗始，本书渐次展开对五言及其诗史位置的品鉴，殊具统系；那么至卷终而复顾及此则开宗之义，它无疑是钟嵘独异的诗美之旅的一个伟大开端。

汉都尉李陵①

其源出于《楚辞》。文多凄怆，怨者之流。陵，名家子，有殊才②。生命不谐③，声颓身丧④。使陵不遭辛苦，其文亦

何能至此！

【注释】

①李陵（？—前74）：字少卿，陇西成纪（今甘肃秦安）人。名将李广之孙。武帝时为骑都尉。后率步兵五千人出击匈奴，兵败被俘。单于立为右校王。在匈奴中二十余年，病卒。《汉书·苏武传》载其骚体歌一首。此外所传李陵诗，均为后人伪托。

②殊才：杰出的才能。

③生命不谐：指命运不好。谐，和。

④声颓身丧：即名裂身败。

【评析】

传为李陵所作五言"古诗"今存二十多首，与《古诗十九首》并称于世。宋濂《答章秀才论诗书》："苏子卿、李少卿，非作者之首乎？观二子之所著，纤曲凄婉，实宗《国风》与楚人之辞。"刘熙载《艺概·诗概》亦云："《古诗十九首》与苏、李同一悲慨。然古诗兼有豪放旷达之意，与苏、李之一于委曲含蓄，有阳舒阴惨之不同。知人论世者，自能得诸言外，固不必如钟嵘《诗品》谓古诗出于《国风》，李陵出于《楚辞》也。"大抵是从"文多凄怆"着眼，钟氏故溯源于楚。

李陵《与苏武诗》多哀怨之音。如"携手上河梁"一首：

携手上河梁，游子暮何之。徘徊蹊路侧，恨恨不能辞。行人难久留，各言长相思。安知非日月，弦望自有时。努力崇明德，皓首以为期。

开头两句，写两人执手河梁，于暮色苍茫中惘然无绪，别情依依而无限伤怀。携手、河梁、游子、暮色，在特定的别离氛围中组成一幅情景交融的画面。然后写其别时凄怆，借月寄意，最后期望白首相见。刘熙载《艺概·诗概》云："李陵《赠苏武》五言，但叙别愁，无一语及于事实，而言外无穷，使人黯然不可为怀。"

钟嵘摆脱了有些论者注目李陵降将身份的道德论局限，而仅就悲怨之美说诗，并最终归结为诗人遭际的不幸与诗之艺术境界相关，这实是对艺术创作情感本质把握的颇具深度之论。钱锺书《诗可以怨》一文从尼采认为母鸡下蛋的啼叫和诗人的歌唱都是痛苦使然，说到司马迁的"发愤著书"，又说到钟嵘《诗品序》"嘉会寄诗以亲，离群托诗以怨……使穷贱易安，幽居靡闷，莫尚于诗矣"，发现"这一节差不多是钟嵘同时代人江淹那两篇名文——《别赋》和《恨赋》——的提纲。钟嵘不讲'兴'和'观'，虽讲起'群'，而所举压倒多数的事例是'怨'"。还提到此则中对李陵的评语，认为就是刘勰所说的"蚌病成珠"，亦即后世常说的"诗必穷而后工"的意思。

清费锡璜的《汉诗总说》发挥钟嵘此说，谓："屈原将投汨罗而作《离骚》，李陵降胡不归而赋《别苏武诗》，蔡琰被掠失身而赋《悲愤》诸诗，千古绝调，必成于失意不可解之时。惟其失意不可解，而发言乃绝千古。"

汉婕妤班姬[1]

其源出于李陵。"团扇"短章[2]，辞旨清捷，怨深文绮[3]，得匹妇之致④。侏儒一节⑤，可以知其工矣！

【注释】

①婕妤班姬　即班婕妤（生卒年不详），本名班恬，楼烦（今山西宁武）人。班固祖姑。西汉成帝时以才学被选入宫，立为婕妤。今存《怨歌行》（一名《怨诗》）一首，后人多疑为伪托。

②"团扇"短章：指《怨歌行》。全诗为："新裂齐纨素，鲜洁如霜雪。裁为合欢扇，团团似明月。出入君怀袖，动摇微风发。常恐秋节至，凉飙夺炎热。弃捐箧笥中，恩情中道绝。"

③辞旨清捷，怨深文绮：意谓班婕妤此诗意旨表现清新明快，怨恨深沉而文辞美好。绮，指文采绮丽。

④得匹妇之致：意谓传达了一个普通女子的情致。匹妇，指普通妇女。

⑤侏儒一节：意谓由《怨歌行》这首短诗可见其一般。桓谭《新论》："谚曰：'侏儒见一节，而长短可知。'"侏儒，矮子。

【评析】

班婕妤以其才德进入正史获得褒扬。据说是其所作的《团扇》（一作《怨歌行》或《怨诗》）诗，连同她后宫的不幸遭际一道，成为一些词人才子歌咏寄意的内容或抒写妇女因失宠而哀怨的常典。诸如"班女怨""纨扇词"或"婕妤之叹"等等，均与这位后宫才女的故事有关。

不妨说，将《团扇》诗权且加诸她的名下，不合"理"却合"情"。此诗见于《文选》《玉台新咏》《乐府诗集》，都题为班婕妤作。《玉台新咏》诗前且有小序说："昔汉成帝班婕妤失宠，供养于长信宫，乃作赋自伤，并为《怨诗》一首。"钟嵘亦信为班氏所作。问题是，《汉书·外戚班婕妤传》言其失宠后作赋自伤，而录班赋全文，并无《怨诗》见录，亦无"并为《怨诗》一首"之说；如有怨诗，亦当并载。故《玉台新咏》之说颇为可疑。另外，如《文心雕龙·明诗》说："至成帝品录，三百余篇，朝章国采，亦云周备；而辞人遗翰，莫见五言，所以李陵、班婕妤，见疑于后代也。"这是说在西汉成帝时，五言诗尚未出现完整成熟的作品，班氏此作与李陵五言这样的佳作的出现，从诗体演进的规律而言，是颇为可疑的。因此而有南朝颜延年作或魏之伶人所作的说法。对此诗归属班氏的疑而不信，确实言而有据。但只就此诗所反映的情感内容而言，与班婕妤的身世遭际很是贴切吻合，因而嫁名这位德才兼备的宫女，倒颇得其"情"。

一位现代作家说过，如果说同行是冤家，那么天下所有的女人都是同行。而在封建宫廷之内，帝王身边美女如云，孤家寡人难以遍施雨露恩泽，宫闱争宠蛾眉见妒的事屡见不鲜。战国时期掩袖工谗的郑袖，其妒术之阴狠险毒可算一绝。楚怀王新得美人，妃子郑袖害怕她夺取君王对自己的宠爱，对美人说：大王虽然喜欢你，却讨厌你的鼻子，以后你见大王应以袖掩鼻。美人按郑袖的话做了，引起大王的疑惑。楚王问郑袖，郑袖却说，她讨厌你身上的臭味。楚王一怒之下，便立即命人把美人的鼻子割掉。唐代诗人骆宾王在扬州参加徐敬业讨伐武则天的军队，代其写的那篇著名讨武檄文中即用了这个典故说武氏的善妒："掩袖工谗，狐媚偏能惑主。"

汉成帝初即位时，班婕妤以其才学出色被选入宫。始为少使，不久即获宠幸，为婕妤。成帝很是喜欢她，想叫她同辇而被拒绝。《汉书》本传载：

> 成帝游于后庭，尝欲与倢伃同辇载，倢伃辞曰："观古图画，贤圣之
> 君皆有名臣在侧，三代末主乃有嬖女，今欲同辇，得无近似之乎？"上善
> 其言而止。女后闻之，喜曰："古有樊姬，今有班倢伃。"

班婕妤正言规劝，意在防微杜渐。她以古贤圣之君近名臣而末世之主宠女
色明示成帝，问题当然就十分严重了。江山与美人二者孰重孰轻，不言而喻。
成帝嘉纳其言，就此止步。太后的"古有樊姬，今有班倢伃"的评介，确非虚
誉。婕妤熟谙史事，常诵古之箴戒之书，行事不逾越古礼，这都使她为一代贤
妃的典型，而进入《续列女传》，名标青史。

然而，世事难料。赵飞燕姊妹后起而宠盛，诬许皇后、班婕妤况诅后宫并
牵连主上，许皇后因此被废。幸而班氏机敏善对逃过一劫。遭此变故，她深感
赵氏姊妹骄妒之横，恐久见危，自请到长信宫侍奉王太后以自保。获准后退处
东宫，作赋自悼，哀思流连。

托物言志寄情是中国古代诗歌创作的一个悠久的艺术传统。善托善喻，物
我之间妙合与否，则是衡定其艺术高低的重要尺度之一。《团扇》以女性口吻
出之，藉团扇自喻，描写寄情都合于被弃宫女的心理身份特点。萧涤非先生力
主此诗为班氏之作，"第观其立言之得体，即足征非他人所能代庖"（《汉魏六
朝乐府文学史》）。并引吴湛之言说：

> 出入句，谓蒙君恩。动摇句，谓虽无大功，亦有微劳。蒙恩曰"怀
> 袖"，失恩曰"箧笥"，谓即至失恩，不过弃置，此待君忠厚处。婕妤此
> 时，已失宠矣。其曰"常恐"，若为预虑之词然者，用意特深，所谓怨而

不怒者也。

顾及全诗，吴湛的分析大体不错。

此诗前四句状写团扇之质地、外形。它以齐地出产的最名贵的白色生绢做材料，质地鲜洁如雪。裁为合欢形状，简直像明月一样美好。这其中实寓有自己貌美质洁之意。"出入"两句，接写扇之用。团扇轻摇，凉风徐至，十分受用；它不离君之怀袖之间，可见亲近之至。夏日炎炎，此扇作用之大自不待言。然而，在当时即已"常恐秋节至，凉飙夺炎热"。寒暑易节，秋扇见捐，是其无法挣脱的宿命。而人间的色衰爱弛，不正与之相似吗？最后两句，扇弃箱中，凄然的结局冰冷如铁。

班婕妤或一般的弃妇，正是一把这样的扇子。

前引吴湛说此诗艺术深得怨而不怒之意，是以温柔敦厚的诗教解诗，不无道理。他确信此诗为班婕妤之作，故其说未免带有政教伦理意味。此亦钟氏所谓"怨深"之意；加之文辞鲜丽而不事用典堆垛，又善于托寓，不粘不脱，统而言之，即"辞旨清捷，怨深文绮"。

钟嵘将班婕妤诗推源于李陵，从其风格而言，二者都属"怨者之流"，同具楚骚遗意。而清人沈德潜

《古诗源》卷二却说:"(《怨歌行》)用意微婉,音韵和平。《绿衣》诸什,此其嗣响。"又指认其接续《国风》。

魏陈思王植①

其源出于《国风》。骨气奇高②,词采华茂。情兼雅怨③,体被文质④。粲溢今古,卓尔不群⑤。嗟乎!陈思之于文章也,譬人伦之有周孔⑥,鳞羽之有龙凤⑦,音乐之有琴笙,女工之有黼黻⑧。俾尔怀铅吮墨者⑨,抱篇章而景慕,映余晖以自烛⑩。故孔氏之门如用诗,则公干升堂,思王入室,景阳、潘、陆,自可坐于廊庑之间矣⑪。

【注释】

①陈思王植:即曹植(192—232),字子建,沛国谯(今安徽亳州)人。曹操卞夫人所生第三子,曹丕之弟。封陈王,谥思,世称陈思王。早年以才学颖出为曹操所爱重,欲立为太子。后失宠。在魏文帝(曹丕)、明帝(曹叡)两朝,均受猜忌迫害,抑郁以终。有《陈思王集》。

②骨气奇高:意谓诗风挺拔有力富有生气。骨气,意同风骨、气骨。

③情兼雅怨:意谓曹植诗歌既有《国风》之雅正又兼具《小雅》幽怨的特点。《史记·屈原列传》:"《国风》好色而不淫,《小雅》怨诽而不乱。若《离骚》者,可谓兼之矣。"

④体被文质：指曹植诗歌文质兼备。《宋书·谢灵运传论》："至于建安，曹氏基命。二祖（曹操、曹丕）、陈王，咸蓄盛藻。甫乃以情纬文，以文被质。"被，覆，加。

⑤粲溢今古，卓尔不群：意谓超越古今，优异卓越，不同一般。吴淇《六朝选诗定论》卷五："子建之诗隐括《风》《雅》，组织屈、宋，洵为一代宗匠，高踞诸子之上。然其浑雄苍老，有时或不及乃父；清莹悲凉，有时或不及乃兄。然不能不推子建为极者，盖有得于诗家之正派的宗也。"

⑥陈思之于文章也，譬人伦之有周孔：意谓曹植在诗歌创作上，就如人群中有周公、孔子一样，是诗中之圣。文章，这里指诗歌。人伦，人类。

⑦鳞羽之有龙凤：意谓鸟兽中有龙凤。鳞羽，泛指水族和禽鸟。龙凤，古人认为龙是水族之尊，凤为百鸟之王。

⑧女工之有黼黻（fǔ fú）：意谓诗之有曹植，如女工之有黼黻的绝艺。女工，旧指妇女所作纺绩、刺绣、缝纫等事。黼黻，古代礼服上所绣的花纹。

⑨怀铅吮墨者：指文士。铅、墨，均为书写工具。

⑩抱篇章而景慕，映余晖以自烛：意谓那些执笔之士读着曹植的诗歌都非常景慕，用其诗的光辉来自照而受到启迪。篇章，指曹植诗。

⑪"故孔氏之门如用诗"五句：意谓如果把诗人比作孔子门徒，则刘桢可以升堂，曹植为入室弟子，张协、潘岳、陆机等人则刚刚入门，只在廊庑间了。廊庑，堂下的廊屋。

【评析】

据说南朝大文学家谢灵运曾说："天下才共有一石，子建独得八斗，我得一斗，自古及今同用一斗，苟不博敏，安有继之。"（李瀚《蒙求集注》）钟嵘则把曹植喻为五言诗之圣者。《孟子·公孙丑上》引有若的话，说孔子"岂惟民哉！麒麟之于走兽，凤凰之于飞鸟，泰山之于丘垤，河海之于行潦，类也。圣人之于民，亦类也。出乎其类，拔乎其萃，自生民以来，未有盛于孔子也"。曹植即是诗人中的周公孔子，足见钟嵘将其五言诗悬为最高典范。

在五言诗创作中，曹植无疑成就不凡。曹操古直悲凉，曹丕偏于便娟婉约，而曹植大力写作五言诗，达到了风骨与文采的完美结合。"他的诗歌，既体现了《诗经》'哀而不伤'的庄雅，又蕴含着《楚辞》窈窕深邃的奇谲；既继承了汉乐府反映现实的笔力，又保留了《古诗十九首》温丽悲远的情调……形成了他自己的风格，完成了乐府民歌向文人诗的转变。"（袁行霈主编《中国文学史》第二卷）林庚先生概括为："这是一个时代的事业，却通过了曹植才获得完成。"（《中国文学简史》）

曹植生于乱世、长于军中，志向不凡而又才华横溢。年轻时即有"戮力上国，流惠下民，建永世之业，留金石之功"（《与杨德祖书》）的伟抱宏愿。即使在曹丕即位后他不断遭到猜忌与打击，仍"怀此王佐才，慷慨独不群"（《薤露行》）；或不得已始"骋我径寸翰，流藻垂华芬"（同上引）了。前期诗歌中对贵游生活与豪侠意气、功业理想与风流自赏的抒写，骄纵华美，率性而阳刚，畅快淋漓，溢彩流光。《名都篇》写京洛少年斗鸡走马，驰猎宴饮，极尽浪漫豪奢的快意人生，其中"我归宴平乐，美酒斗十千"等句，直接影响到李白的某些诗作。《白马篇》写幽并游侠的勇烈慷慨，充满功业之念。这些诗篇，都是"骨气奇高，词采华茂"之作。至如《公宴诗》中"明月澄清景，列宿正参差。秋兰被长坂，朱华冒绿池。潜鱼跃清波，好鸟鸣高枝"等句，清雅华美，境界殊高。

曹植后期在艰危处境中生活了十二年，功业之念与现实的矛盾转剧，使其诗作更多哀愤之音，如《赠白马王彪》《野田黄雀行》等，即是这类佳作。此外，还有如《七哀诗》这样的"情兼雅怨"之作：

> 明月照高楼，流光正徘徊。上有愁思妇，悲叹有余哀。借问叹者谁，言是客子妻。君行逾十年，孤妾常独栖。君若清路尘，妾若浊水泥。浮沉各异势，会合何时谐？愿为西南风，长逝入君怀。君怀良不开，贱妾当何依？

这篇诗作应写于文帝时期，借闺怨寄托弃置之感。在明月照临的楼上，一位思妇哀叹自己独处已逾十年之久，而丈夫仍然未归。是地位悬殊使然：丈夫如路上飞扬的清尘高高在上，自己却如沉浊的泥水低低在下；虽然如此，依旧希望会合。甘愿化作西南风，不惮路遥，扑入君怀。可是如果夫君硬是拒斥，那我将何依？曹丕为君，曹植是臣，以夫妻关系喻君臣关系是楚骚的比兴寄托传统，复融入《诗经》雅正的怨刺之情，形成了此诗悱恻缠绵、委婉深挚而又不无讽谏的艺术特点。

曹植诗风由质朴到华质并重的"文人化"，是其在五言诗史上的独特贡献。正是从这一点上，黄侃《诗品讲疏》谓曹植："文采缤纷，而不能离闾里歌谣之质。故其称景物则不尚雕镂，叙胸情则唯求诚恳，而又缘以雅词，振其美响，斯所以兼笼前美，作范后来者也。"

魏文学刘桢①

其源出于《古诗》。
仗气爱奇，动多振绝②。
贞骨凌霜，高风跨俗③。
但气过其文，雕润恨少④。
然自陈思以下，桢称独步。

【注释】

①刘桢（？—217）：字公
幹，东平宁阳（今属山东）人。曾任曹操丞相掾属，又为太子五官中郎将文学
等职。有《刘公幹集》。

②仗气爱奇，动多振绝：意谓刘桢凭仗气力，爱好奇异，诗作多使人惊异
震骇。动，动辄，往往。振绝，即震绝，惊世骇俗之意。

③贞骨凌霜，高风跨俗：意谓挺拔的气势凌驾秋霜，高迈的风韵超越流
俗。按，贞骨，一作"真骨"。

④但气过其文，雕润恨少：意谓只是因此其气势不免超过了文采，而雕绘
润饰有所不足。

【评析】

刘桢五言诗偏以"气胜"，同时或其后的论者看法大多一致。曹丕《与吴
质书》称："公幹有逸气，但未遒耳。其五言诗之善者，妙绝时人。"诗文相较，

其文有逸气而未至遒劲，诗则妙绝而实含劲质。谢灵运《拟魏太子邺中集诗序》亦云："（刘桢）卓荦偏人，而文最有气，所得颇经奇。"说他在某些方面超过别人，诗富有气势，合于常道而能出奇。"卓荦偏人"，与刘桢《赠徐幹》诗中自谓"乖人易感动"之"乖人"的含义大体相近，标示其卓尔不群、乖觉敏感的性格气质。

作为汉宗室之后的刘桢，一方面秉持乃祖乃父为人正直、唯道是务的家族文化传统；另方面，其少负才名而警悟辨捷，辞气锋烈的气质才情亦显示了独特的个性风采。

刘桢以其文名受到曹氏父子的赏识，成为邺下文人集团的重要成员之一。按理说，他初应曹氏征辟为官是颇为顺遂得意的，一篇《遂志赋》即毫不掩饰其"仰攀高枝，侧身遗阴"而有所托庇的满腔兴奋之情。然而，其后"平视"甄氏一案，却似有些自讨苦吃而遭受人生重创。

一次酒酣欢宴之际，时为太子的曹丕命夫人甄氏出拜，在座宾客都低头不敢仰视，独刘桢作平视状。曹操悉闻此事后，以不敬罪罚其做苦力，在京洛西石料厂磨石料。刘桢获罪后，曹丕、曹操都曾与之有过交锋。曹丕问他为何立身不谨而触犯律法，刘桢答："做臣子的固然无用，但何尝不是君王法网过于严密。"曹操至石料厂视察，众人皆匍匐在地，而桢端坐磨石不止。曹问："石如何？"桢一面磨石，一面说："石出荆山悬岩之巅，外有五色之章，内含卞氏之珍，磨之不加莹，雕之不增文，禀气坚贞，受之自然，顾其理枉屈纤绕而不得申！"借石之"禀气坚贞，受之自然"以表明一己性情，并以石之纹理纤绕屈曲不直喻其难申一腔积郁，巧妙的话语中透出锐利的言辩机锋与一身的骨鲠之气。

负气不屈与自命不凡的诗人性情在他的《赠从弟三首》中表露无遗。其二云："亭亭山上松，瑟瑟谷中风。风声一何盛，松枝一何劲。冰霜正惨凄，终岁常端正。岂不罹凝寒，松柏有本性。"孔夫子的一句"岁寒，然后知松柏之后凋也"，将松柏人格化而成为千古名言。《礼记·礼器》云"松柏之有心也……贯四时而不改柯易叶。"《庄子·让王》亦云："天寒既至，霜雪既降，吾是以知松柏之茂也。"这些先哲的言论化作此诗的诗心。环境是何等的严酷，周遭满是凌厉的威逼，风声猎猎，寒凝大地，而挺然独立的山上松柏在与之搏击中愈显劲节凛凛。因为松柏毕竟是松柏，历风寒而本性依然是其不变的操守。固守"贯四时而不改柯易叶"的松柏之心，即葆有了一份最高贵的生命尊严。

如果说"气"是自内而外的一种生命力量，那么"节"就是"不变"与"一贯"的素性固丸。刘桢恃"气"而又守"节"，自命为"卞氏之珍"而坚刚不磨，因此敢于平视甄氏不避嫌猜，得罪后在曹氏面前仍锋芒不减，出言以讽。其《赠从弟三首》赞勉堂弟，亦是他自我性情的一种宣示。此组诗之其一、其三两首，或以水中蘋藻致其高洁，或以南岳凤凰喻示超越流俗，均与其松筠之节贯通一致。总之，刘桢之为人不出"禀气坚贞，受之自然"八字。

刘桢诗大抵如其为人。清人何焯《义门读书记》卷四十六说到《赠从弟》诗，认为钟氏"峻（贞）骨凌霜，高风跨俗"的评价，"要惟此等足当之"。并言："子建美秀而文，牢笼一代，仲宣端雅，公幹挺健，皆一时之杰。"至于他亦有附庸颂赞人主之作，大多是不得已而为之，其数量在邺中七子中亦较少。

魏侍中王粲①

其源出于李陵。发愀怆之词，文秀而质羸②。在曹、刘间别构一体③。方陈思不足，比魏文有余。

【注释】

①王粲（177—217）：字仲宣，山阳高平（今山东邹城）人。先依荆州牧刘表，后归曹操，为丞相掾，官至侍中。有《王侍中集》。

②发愀怆之词，文秀而质羸：意谓王粲诗发为悲凉的音调，文辞秀美而气力羸弱。文秀，文采秀美。质羸，气骨羸弱。

③在曹、刘间别构一体：意谓王粲诗在曹植和刘桢之间别具一格。

【评析】

谢灵运说王粲"家本秦川，贵公子孙，遭乱流寓，自伤情多"（《拟魏太子邺中集诗序》），从身世、遭际、个性三方面概括了诗人的一生。"发愀怆之词"，即与其"遭乱流寓，自伤情多"不无关系。

诗人的出身还是不错的。曾祖王龚，汉顺帝时官居太尉；祖父王畅，汉灵帝时做过司空。至父亲王谦官至大将军何进府中长史，才未免有些中落了。汉末世道已乱，董卓擅行废立，王谦、王粲父子随之西迁长安。十四岁的王粲即已才华颖出。他至长安名儒蔡邕门庭拜谒，年近六十的蔡先生听说他来了，立即"倒屣以迎"。入内，年既幼弱而又容状短小的王粲，使一坐尽惊。蔡邕以"有异才，吾不如也"许之。

汉献帝初平三年（192），王粲离开长安避难荆州时写了《七哀诗》（西京乱无象）一首。所谓"发愀怆之词"，大抵是指这类作品而言。

王粲在长安城一片杀戮的乱象中避走荆州，一路"出门无所见，白骨蔽平原"的惨景让他目不忍睹；而"路有饥妇人，抱子弃草间"的人间惨剧尤令他锥心痛彻。血脉相通十指连心，这位妇人却生生把孩子丢掉，"挥涕独不还"。《文选》李善注解释这句说："言回顾虽闻其子号泣之声，但知挥涕独去，不复还视也。"如此决绝似不近人情，而妇人的话却似不无道理："未知身死处，何能两相完？"想想也是，饥妇人自身已难保，孩子失去母亲也会注定一死，弃与不弃没什么两样。这近乎惨酷的绝望和逼真的叙写，摧人心肝。诗人"驱马弃之去，不忍听此言"，直书所感，千载之下的读者亦为之痛楚盈怀。最后登上霸陵岸回望长安，诗人思得明君以平乱世的美好愿望沛然而生。

一些诗评家或谓"仲宣流客，慷慨有怀"（徐祯卿《谈艺录》），或谓"王仲宣诗如天宝乐工，身经播迁之后，作《雨淋铃》曲，发声微吟，觉山川奔逆，风声云气与歌音并至。只缘述亲历之状，故无不沉切"（陈祚明《采菽堂古诗选》卷七），均可以视为对王粲诗歌主体情感特征的精到概括。而这种情

感特征主要体现在其归附曹操之前的一些诗歌创作上，又以《七哀诗》最为切合"慷慨有怀""沉切"的评价。这与钟嵘"愀怆"之语约略一致。

"文秀而质赢"一句，应是着眼于王粲诗歌艺术而言。"文秀"即文采出众，"质赢"谓骨力不足。问题是"质赢"在多大程度上合于王粲诗歌创作的实际，历来颇存异说，而有诸如何焯"仲宣之诗最为沉郁顿挫，而钟记室以为文秀而质赢，殆所未喻"（《义门读书记》卷四十六）的认识与指责。方东树甚而说王粲诗"局面阔大"（《七哀诗》）"苍凉悲慨，才力豪健"（《昭昧詹言》卷二），而与钟嵘之论大异其趣。倒是刘熙载《艺概·诗概》一段话识见不凡："公幹气胜，仲宣情胜，皆有陈思之一体。后世诗率不越此两宗。"

与刘桢之"气胜"相较，王粲以"情胜"确是其诗歌创作的个性标识。

而刘熙载从"陈思之一体"的角度立说，亦与钟嵘论诗路径大体一致。钟嵘将曹植列名上品而悬为典范推崇备至，谓其"骨气奇高，词采华茂，情兼雅怨，体被文质"，至少体现了其"气""情"并重的诗美理想。故在比较品评中，钟嵘指认王粲骨气不足，还是符合王粲诗歌创作实际的。正是从此点出发，钟嵘认为王粲在曹植情气兼备与刘桢的偏重于气之间别具风貌；与曹植难以并驾，而又比曹丕胜出一筹。

晋步兵阮籍①

　　其源出于《小雅》②。无雕虫之功③。而《咏怀》之作④，可以陶性灵，发幽思。言在耳目之内，情寄八荒之表⑤。洋洋乎会于《风》《雅》⑥，使人忘其鄙近，自致远大，颇多感慨之词。厥旨渊放，归趣难求⑦。颜延注解，怯言其志⑧。

【注释】

①阮籍（210—263）：字嗣宗，陈留尉氏（今属河南）人。曾任步兵校尉，世称阮步兵。有《阮步兵集》。

②其源出于《小雅》：意谓阮籍诗出于《诗经·小雅》。按，《小雅》大部分作品出于西周后期，多怨刺之作，与阮氏咏怀诗意旨相近。

③无雕虫之功：意谓阮籍诗无雕琢刻意之迹。雕虫，扬雄《法言·吾子》："或问：'吾子少而好赋？'曰：'然。童子雕虫篆刻。'俄而曰：'壮夫不为

也'。"按，雕虫篆刻为汉朝学童所学书法八体中之二体，后借指雕章琢句。

④《咏怀》之作：指阮籍八十余首《咏怀诗》。

⑤言在耳目之内，情寄八荒之表：意指阮诗言近旨远、语近情遥的特色。

⑥洋洋乎会于《风》《雅》：意谓阮诗之美与《风》《雅》之音相合，读之使人忘却鄙俗凡近之事，而达致远大境界。洋洋，形容美盛。会，合。

⑦厥旨渊放，归趣难求：意谓阮诗意旨深远，难以寻求其具体指归所在。渊放，深远。

⑧颜延注解，怯言其志：意谓颜延年为阮诗作注，不敢轻言其意旨。

【评析】

生当魏晋易代之际的阮籍，以《咏怀诗》八十二首为世所重。乱世歌吟，寓托深沉，故自其问世之时即索解为难，后世更是聚讼纷纭。清人沈德潜说："遭阮公之时，自应有阮公之诗也。"（《说诗晬语》卷上）其人、其时、其诗，三者纠结缴绕，谜一般的存在正因其不确定性而更加引人入胜。

阮籍本有济世之志。《晋书》本传说他"容貌瑰杰，志气宏放"。他曾登上广武山遥望楚汉战场，叹息说："时无英雄，使竖子成名！"刘邦与项羽逐鹿争雄，在他看来亦不过尔尔。推倒一世豪杰，睥睨千古而自许甚高。少时闭户读书，期望成为颜回、闵损一样的贤人："昔年十四五，志尚好诗书。被褐怀珠玉，颜闵相与期。"（《咏怀诗》十五）又尚武而颇怀功业之念："少年学击剑，妙伎过曲城。英风截云霓，超世发奇声。"（《咏怀诗》六十一）诗书养志，狂者进取，阮籍拯时济世的英雄情结不输于曹植的寄意幽并游侠。大概正是曹魏时代普遍的进取风尚的熏染，使他有怀如此，英风烈烈了。

如果不是司马氏父子转移魏祚，废曹芳、弑曹髦，动辄擅诛异己，那么阮籍的济世之志能否实现？其人其诗或许是另外一种样子。然而历史不能假设，而别无选择的诗人不得不受命运的播弄。他在最大限度内保持了心灵的自由和行事的异端，佯狂嗜酒而遗落世事，放诞不经达而无检。或醉后眠于酒家妇侧，浑然不以为意；或遭母丧而仍饮酒食肉，何拘行迹。"礼岂为我辈设也！"是其在大伪斯兴的乱世中的一声尖利的呐喊，而暗夜沉沉不见回声。穷途之哭成为他弥天苦闷的绝好象征："率意独驾，不由径路，车迹所穷，辄恸哭而反。"（《世说新语·栖逸》注引《魏氏春秋》）

虽嗜酒放诞，却为人至慎，看似矛盾而又偏偏统一在他的身上。他慎在言语不及政事，而意在全身避祸。司马昭感叹："然天下之至慎者，其唯阮嗣宗乎？每与之言，言及玄远，而未尝评论时事，臧否人物，可谓至慎乎！"（《世说新语·德行》注引李秉《家诫》）或渊默高深莫可究其底里。兖州刺史王昶请与相见，终日不交一言。（《晋书》本传）

网罗在天，穷途哭泣；放诞饮酒，志求苟全。这一切都是"苦闷的象征"，连同他的《咏怀诗》在内都是"至慎"处境中朦胧的诗意言说："有太多的话要说，但是不能痛快地说，又不能忍住不说"（林庚《中国文学简史》）。"忧生之嗟"与"志在刺讥"，而又"文多隐避"（《文选》注李善语），故意旨深微难测了。其一曰：

> 夜中不能寐，起坐弹鸣琴。薄帷鉴明月，清风吹我襟。孤鸿号外野，翔鸟鸣北林。徘徊将何见，忧思独伤心。

兴怀无端的夜半无眠，彷徨迷惘的忧思，弥散在天地之间。诗人仿佛听到

旷野孤鸿翔鸟的哀鸣，似乎一切又都归于无有空茫缥缈。方东树《昭昧詹言》卷三说："此是八十一首发端，不过总言所以咏怀不能已于言之故。"

大哀在怀，发之于诗。《咏怀诗》八十二首，或忧生，或感时，或刺讥，或高蹈，而多比兴象征。寓托深情密旨，韵味悠长邈远。从意象言，有玄云、惊风、旷野、天网、鸟兽、荆棘、凝霜、桃李；境界或沉郁或高朗，语言或润采或浑朴，不刻意雕琢。诗人将一腔苦闷升华为人生之诗，长留天地。

正因如此，"阮公咏怀，千秋嘉叹，然未知所咏是何怀也"（陈祚明《采菽堂古诗选》卷八）。但亦不可一一作实，而附会穿凿。"颜延注解，怯言其志"，不为无因。

晋平原相陆机①

其源出于陈思。才高词赡，举体华美②。气少于公幹，文劣于仲宣。尚规矩，贵绮错，有伤直致之奇③。然其咀嚼英华，厌饫膏泽，文章之渊泉也④。张公叹其大才，信矣⑤！

【注释】

①陆机（261—303）：字士衡，吴郡吴县（今江苏苏州）人。晋武帝太康末，由吴应诏至洛阳。为成都王司马颖平原内史。晋改平原为国，因称平原相。有《陆平原集》。

②举体华美：整体华丽美妙。举体，整体。

③“尚规矩”三句：意谓崇尚规矩，重视绮丽交错的组织安排，而有损自然表现的奇警之美。按，贵绮错，诸本皆作“不贵绮错”，研究者多疑“不”字为衍文。

④“然其咀嚼英华”三句：意谓然而他吸收继承前代优秀作品的精华，其诗作亦成为后世诗歌的渊源。厌、饫，均饱食之意。膏泽，美味佳肴。

⑤张公叹其大才，信矣：意谓张华赞叹其大才，确实如此。《世说新语·文学》刘孝标注引《文章传》：“机善属文，司空张华见其文章，篇篇称善，犹讥其作文大冶，谓曰：‘人之作文，患于不才；至子为文，乃患太多也。’”

【评析】

陆机是西晋颇负盛名的诗人。他与潘岳并称“潘陆”，一时风华秀出。两人在一定程度上代表了那一时期诗歌创作的审美取向和最高成就。而对陆机，钟嵘《诗品序》独许为“太康之英”。

然而，陆机最终却被诬遇害于八王之乱中，其悲剧结局令人叹惋。《世说新语·尤悔》载：

　　　　陆平原河桥败，为卢志所谗，被诛。临刑叹曰："欲闻华亭鹤唳，可
　　复得乎！"

　　陆机遇害时，"士卒痛之，莫不流涕。是日昏雾昼合，大风折木，平地尺
雪，议者以为陆氏之冤"（《晋书》本传）。张溥《汉魏六朝百三家集·陆平原
集题辞》谓其"冤结乱朝，文悬万载"。章太炎《文录初稿·陆机赞》评其一
生，悲其不幸遭际，结论是"撮其文章行迹，犹不失为南国仁贤"。

　　华亭在南吴郡嘉兴县郊外，这里产鹤，有清泉茂林，景物清幽。吴亡后，
陆机、陆云兄弟共游于此十余年。陆机临终这一浩叹，前人或以为"有咸阳市
上叹黄犬之意"（《资治通鉴》卷八十五胡三省注）。秦相李斯被赵高构陷而腰
斩于咸阳市，刑前对其子说："吾欲与若复牵黄犬俱出上蔡东门逐狡兔，岂可
得乎！"（《史记·李斯列传》）"华亭鹤"与"黄犬悲"，均有为官罹害而追悔
莫及之意。李白《行路难》其三中"陆机雄才岂自保，李斯税驾苦不早。华亭
鹤唳讵可闻，上蔡苍鹰何足道"几句，即并用这两个典故感叹仕途险恶。

　　大抵是其"文悬万载"的卓越才华与"冤结乱朝"的不幸遭际构成巨大反
差，惹得后世文人为之唏嘘不已。

　　陆机出身于东吴世族大家，祖父陆逊，父陆抗，从父陆凯、陆喜，均为孙
吴重臣名将；且孙、陆又有联姻之谊。先天禀赋的优异，家世的贵显与文化教
养的深厚，造就了陆机这样一个特异的人物，所谓"少有异才，文章冠世，伏
膺儒术，非礼不动"（《晋书》本传）。

　　晋灭东吴十年后，陆机与其弟陆云被征入洛阳，获赏于晋之一代文坛领袖
张华，至有"伐吴之役，利获二俊"（《晋书》本传）的称扬。他以"天才秀

逸，辞藻宏丽"（同上引）驰誉西晋文坛。

陆机诗以繁文缛采标示出太康诗风的总体特色。其名作《赴洛道中作》其二云：

> 远游越山川，山川修且广。振策陟崇丘，安辔遵平莽。夕息抱影寐，朝徂衔思往。顿辔倚高岩，侧听悲风响。清露坠素辉，明月一何朗。抚枕不能寐，振衣独长想。

陆机应诏赴洛时作诗二首，抒写思乡之情与途中闻见。擅写自然景物，并多以俳偶出之。"清露坠素辉，明月一何朗"两句，清新俊朗；而"坠"字，亦见出炼饰之迹。诗中偶句描写，颇具整饬之美。

更能本现其繁绮诗风的是大量的拟古之作。先看《古诗十九首》之十九：

明月何皎皎，照我罗床帏。忧愁不能寐，揽衣起徘徊。客行虽云乐，不如早旋归。出户独彷徨，愁思当告谁。引领还入房，泪下沾裳衣。

再看陆机拟作：

安寝北堂上，明月入我牖。照之有余辉，揽之不盈手。凉风绕曲房，寒蝉鸣高柳。踟蹰感节物，我行永已久。游宦会无成，离思难常守。

两首诗都是写游子思归之情，而有朴茂与繁绮之别。同样藉月起兴，前者直接写月夜忧愁难以入睡，后者则着重刻画月色和节物变换。"照之有余辉，揽之不盈手"两句，典出《淮南子·览冥训》："天地之间，巧历不能举其数，手徵忽恍，不能揽其光。"用以形容室中月光皎洁，不能揽取满手。"凉风"两句写暮秋景物，以兴发久客他乡之感。与前者尽为散化句式不同，而陆机拟作半数用对仗。这些都是其追求华美风格的具体表现。

陆机大量诗作都有刻意经营求深求美之迹，有伤自然之致。相较而言，陆氏"气少于公幹，文劣于仲宣"，即刘、王在气力与文采方面各有偏胜，而陆机在一定程度上还是较好地做到了二者的结合，故与曹植"骨气奇高，词采华茂"的诗风接近。

晋初位崇望高的张华推重陆机，叹其才大虽不无微词，但两人学博而诗歌同趋华艳，亦是一时风气所致吧。

晋黄门郎潘岳①

其源出于仲宣。《翰林》叹其翩翩奕奕，如翔禽之有羽毛，衣服之有绡縠，犹浅于陆机②。谢混云："潘诗烂若舒锦，无处不佳；陆文如披沙简金，往往见宝。"③嵘谓益寿轻华，故以潘为胜；《翰林》笃论，故叹陆为深④。余常言："陆才如海，潘才如江。"⑤

【注释】

①潘岳（247—300）：字安仁，荥阳中牟（今属河南）人。官至给事黄门侍郎。有《潘黄门集》。

②"《翰林》叹其翩翩奕奕"四句：意谓《翰林论》曾赞叹潘岳诗之美好，认为如飞鸟之有羽毛，衣服之有薄的绉纱，可还是比陆机的诗浅薄。翩翩奕奕，形容文辞美盛。《翰林》，即东晋李充著《翰林论》，全书已佚。

③"谢混云"五句：意谓谢混说："潘岳诗光彩得像展开的锦缎，没一处不好；陆机诗如沙里淘金，常常见宝。"按，《世说新语·文学》载孙绰语，与谢混所说相同。

④"嵘谓益寿轻华"四句：意谓我钟嵘以为谢混诗轻绮华美，与潘诗相近，故以之为胜；《翰林论》议论切实，所以赞叹陆诗的深沉。

⑤"余常言"三句：意谓钟嵘以为陆之诗才如大海，潘之诗才如长江。按，"海""江"之喻，为对陆、潘之形象评价；据《诗品序》："陆机为太康之英，安仁、景阳为辅"二语，钟嵘以为陆机之才实大于潘岳。故两喻实略存褒贬。

【评析】

潘岳才颖而貌美。《晋书》本传载："岳美姿仪，辞藻绝丽，尤善为哀诔之文。"又说："少时常挟弹出洛阳道，妇人遇之者，皆连手萦绕，投之以果，遂满车而归。"

他热中轻躁，攀附权贵，与石崇等谄事贾谧，为"二十四友"中主要人物之一。而最为人不耻的是，每当贾谧车驾出行，他与石崇竟望尘而拜。其仕宦不达，曾作《闲居赋》以明志，却标榜清静闲雅之趣。中有"浮杯乐饮，丝竹骈罗，顿足起舞，抗音高歌，人生安乐，孰知其他"的句子。元好问在《论诗绝句》中揭破他言行的不一："心画心声总失真，文章宁复见为人。高情千古《闲居赋》，争信安仁拜路尘。"明人张溥《汉魏六朝百三家集·潘黄门集题辞》更说：

> 《闲居》一赋，板舆轻轩，浮杯高歌，天伦乐事，足起爱慕。孰知其仕宦情重，方思热客，慈母拳拳，非所念也。

张溥对潘岳言行乖谬深致遗憾。潘母曾屡次劝其不要太过躁进不止，而潘岳不听，终至被诛，夷灭三族。当时一起被杀的还有石崇，而潘岳《金谷集作诗》中"投分寄石友，白首同所归"两句，不幸一语成谶。

如果不因人而废言的话，那么潘岳人格虽然不免有污点，但其工诗善文，确为西晋一代作手。诗歌创作方面，《在河阳县作诗》《在怀县作诗》《悼亡诗》等最为人推重。

潘岳诗作辞采丰茂，俳偶时见，总体亦不脱缛采繁文的西晋风貌。但《悼亡诗》三首，凄婉动人，是善写哀情的佳作。如其一：

> 荏苒冬春谢，寒暑忽流易。之子归穷泉，重壤永幽隔。私怀谁克从，淹留亦何益。僶俛恭朝命，回心反初役。望庐思其人，入室想所历。帏屏

无忧佛，翰墨有余迹。流芳未及歇，遗挂犹在壁。怅恍如或存，回惶忡惊惕。如彼翰林鸟，双栖一朝只。如彼游川鱼，比目中路析。春风缘隙来，晨霤承檐滴。寝息何时忘，沉忧日盈积。庶几有时衰，庄缶犹可击。

元康八年（298）秋天，妻子杨氏病卒。他在安葬妻子时写的《哀永逝文》中说："昔同途兮今异世，忆旧欢兮增新悲。谓原隰兮无畔，谓川流兮无岸。望山兮寥廓，临水兮浩汗。视天日兮苍茫，面邑里兮萧散。匪外物兮或改，固欢哀兮情换。"抒写丧妻后四顾苍茫山河惨淡之感，寓情于景，饱满淋漓。按古代妻死，丈夫服丧一年的礼制，潘岳在一年期满不得不复职前，写了《悼亡诗》三首。三首诗的具体情景有别，而意思大体相同。其一写光阴荏苒，自己与妻子泉壤永隔，不觉忽忽一年已过。如今勉力赴任，流连空房，不禁触景伤情。妻子的遗物历历在目，其人恍然在侧，而这一切不过都是幻境。如双栖之鸟成单、比目之鱼离析，形只影单又情何以堪。时节如流，春风化雨，实难忘怀。庄子丧妻鼓盆而歌的旷达虽心向往之，而我又岂能做到？

潘岳《悼亡诗》三首，絮絮道来，看似重复却深情绵缈。清人陈祚明即说："安仁情深之子，每一涉笔，

淋漓倾注，宛转侧折，旁写曲诉，刺刺不能自休。夫诗以道情，未有情深而语不佳者；所嫌笔端繁冗，不能裁节，有逊乐府古诗含蕴不尽之妙耳。"（《采菽堂古诗选》卷十一）所谓"笔端繁冗"而不如乐府古诗的浑朴含蕴，其实这正是潘岳诗的长处。诗赋悼亡而多写时节变换、哀情恍惚、遗挂在壁，点滴个别的经验与具体感受细细传出，绮靡缘情，亦是诗歌由汉魏至西晋文学技艺进展的一大趋向。

　　钟嵘引述李充、谢混对潘、陆诗歌优劣的不同看法加以裁夺，而作出"潘江陆海"的评判。这一说法的大体意思是，潘诗情感如江水一样明净悠长，而陆诗则似浩瀚的大海一样富赡深广。但优点与缺点常常相伴而生，如孙绰所说："潘文浅而净，陆文深而芜。"（《世说新语·文学》）潘之浅在于流连私情，不及陆之感怀现实与故国之思的深沉。而指认潘岳源出于王粲，即为钟氏所标示的自李陵以来的凄怆传统，正是对潘岳诗歌主体风格的本质把握。

晋黄门郎张协①

　　其源出于王粲。文体华净，少病累②。又巧构形似之言③。雄于潘岳，靡于太冲④。风流调达，实旷代之高才⑤。词采葱蒨⑥，音韵铿锵，使人味之，亹亹不倦⑦。

【注释】

①张协（生卒年不详）：字景阳，安平武邑（今属河北）人。永嘉初，征

为黄门侍郎，托病不就。其诗文有与其兄合集《张孟阳景阳集》。

②文体华净，少病累：意谓张协诗风格华美明净，少有疵病。

③又巧构形似之言：意谓张协诗善于刻写物象。形似，指描摹物象的具体逼肖。

④雄于潘岳，靡于太冲：意谓张协诗比潘岳雄壮有力，比左思词采绮丽。

⑤风流调达，实旷代之高才：意谓张协诗奇俊洒脱，确是绝代高才。调达，俊逸。

⑥词采葱蒨（qiàn）：指语言秀美可爱。葱蒨，草木茂盛的样子。

⑦亹亹（wěi）不倦：意谓美好动人，读之不厌。

【评析】

张协与其兄张载齐名，"载、协飞芳，棣华增映"（《晋书·张载传赞》）。钟嵘将张协列为上品，张载列名下品，在诗歌成就上确实兄不及弟。《诗品序》言："陆机为太康之英，安仁、景阳为辅。"

少有俊才的张协，后来虽曾出仕，但在元康末八王乱后，"遂弃绝人事，屏居草泽，守道不竞，以属咏自娱"（《张载传》附载）。与一般竞进浮华之辈不同，退处而守道，得全性命于乱世；清醒恬淡而忧患之心未泯。其《登北芒赋》中感言："何天地之难穷，悼人生之危浅。叹白日之西颓兮，哀世路之多蹇。"

作于乱后的五言《杂诗》十首，是其别具特色的佳作。十首多抒情述怀之类，而赋景精细微妙，所谓"巧构形似之言"，非一般作手可比。其一写游子思妇之情，为专选歌咏妇女诗篇的《玉台新咏》收录：

秋夜凉风起，清气荡暄浊。蜻蛚吟阶下，飞蛾拂明烛。君子从远役，佳人守茕独。离居几何时，钻燧忽改木。房栊无行迹，庭草萋以绿。青苔依空墙，蜘蛛网四屋。感物多所怀，沉忧结心曲。

这是秋夜里一个妇女的心灵物语，哀感缠绵。

秋风乍起，夜凉一扫白昼的闷热混浊。室外蟋蟀吟鸣，室内飞蛾绕烛。游子远出行役未归，思妇空闺独守凄凉难耐。天各一方，分别得太久，而时节已然变换。室内全不见那人踪影，庭院秋草一片茂盛。外面青苔依墙而生，屋内蛛网布上四壁。触景伤怀，情何以堪。吴淇《六朝选诗定论》卷九从"感时"与"感物"的诗之内在理路解说此诗，可资参考：

此诗前言蜻蛚云云，尚未感物，只是感时而思。凡人所思，未有不低头。低头则目之所触，正在昔日所行之地上。房栊既无行迹，意者其在室之外乎？于是又稍稍抬头一看，前庭又无行迹，惟草之萋绿而已。于是又稍稍抬头看，惟见空墙而已。于是不觉回首向内，仰屋而叹，惟见蛛网而已。如此写未，真抉情之三昧。

由"感时"到"感物"，思妇的内心情感层深曲折地表现出来。而"抉情之三昧"与其对时节与物情的细致描写息息相关。故称得上是"巧构形似之言"。

张协语言运用的工巧，主要表现在对自然景物的描写上。如《杂诗》其三之"腾云似涌烟，密雨如散丝"，状云腾雨致之景，以"涌烟""散丝"加以形容；其四之"翳翳结繁云，森森散雨足"，以"翳翳""森森"状云之浓深，都获得了真切鲜明的艺术效果。至于其十之写苦雨情状，更是穷形尽相。

写景言情尚巧贵真，是张协诗歌创作的鲜明特色。而其"巧"又是为"真"服务的，因而"物色虽繁，而析辞尚简""以少总多，情貌无遗"（《文心雕龙·物色》）。总体风格呈现出"华净""风流调达"的特色。加之辞采盛美、音韵铿锵，更使其诗耐人咀嚼，味之无极。比较而言，其气骨强于潘岳，与左思的质朴不同而颇饶华采。至于钟氏谓张协源于王粲，大概是就其曾经乱离、诗情凄怨、词采秀出而言。

晋记室左思①

其源出于公幹。文典以怨，颇为精切，得讽谕之致②。

虽野于陆机，而深于潘岳③。谢康乐尝言："左太冲诗，潘安仁诗，古今难比。"④

【注释】

①左思（生卒年不详）：字太冲，临淄（今属山东）人。齐王冏命为记室督，辞疾不就。有《左太冲集》。

②"文典以怨"三句：意谓左思诗典雅而含怨刺，意旨很是精当贴切，具有讽谕的意趣。

③虽野于陆机，而深于潘岳：意谓左思诗虽比陆机诗质朴，却比潘岳诗含意深沉。野，质朴。

④"谢康乐尝言"四句：意谓谢灵运说，左思与潘岳诗，古今之人难以与之相比。

【评析】

与潘岳的姿容甚美、风仪闲畅不同，左思则相貌绝丑。据说他曾效仿潘岳一样出游，结果是"群妪齐共乱唾之，委顿而返"（《世说新语·容止》）。但其文学才华却非常出色，《文心雕龙·才略》称"左思奇才，业深覃思，尽锐于《三都》，拔萃于《咏史》"。他用十年心力结撰的《三都赋》曾轰动一时，豪贵之家竞相传抄，洛阳为之纸贵；《咏史》八首，则是其出类拔萃的五言佳作。

左思出身寒微，家世儒学而颇怀强烈的用世之心。其时门阀制度壁垒森严，世族子弟旧业世袭，往往窃居要位，而他空怀远大抱负难以跻身显职，故将一腔愤懑托之于诗。《咏怀》八首虽非一时之作，却多侧面而又一气贯注地表现了他的如斯心志。其第一首可看作这组诗的总序：

> 弱冠弄柔翰，卓荦观群书。著论准《过秦》，作赋拟《子虚》。边城苦鸣镝，羽檄飞京都。虽非甲胄士，畴昔览穰苴。长啸激清风，志若无东吴。铅刀贵一割，梦想骋良图。左眄澄江湘，右盼定羌胡。功成不受爵，长揖归田庐。

诗人自述其青年时的文才武略和积极进取的用世之志。他自谓弱冠弄笔博览群书，才学卓然不凡；而著论作赋以贾谊、司马相如为典范，差可与之比肩。边庭战事紧急，他虽为一介书生亦曾读过兵法，愿效命疆场，横扫敌阵。功成之后，谢绝封赏，飘然归隐田园。

如果说"铅刀贵一割，梦想骋良图"表现了他志之大与气之壮，那么"功成不受爵，长揖归田庐"则表现了他心之逸与节之高。

汉章帝时的班超上书请兵说："臣乘圣汉威神，出万死之志，冀立铅刀一割之用。"（《文选》李善注引《东观汉记》）左思用以自况，说自己虽然才能低拙，还要为国效力；即使钝如铅刀，亦当尽力一割。而这"一割之用"，即是他的功业之念的实现。因此，在《咏史》八首中，他自比于穰苴、段干木、鲁仲连，或贾谊、司马相如这些理想中的人物。而一旦功业未成，理想受挫，则又以主父偃、朱买臣、陈平等未遇的遭际自我宽慰，所谓"英雄有迍邅，由来自古昔"；或"被褐出阊阖，高步追许由。振衣千仞冈，濯足万里流"，而高蹈遗世。

事实是，在当时的社会状况下，左思功业难成而田庐亦难归，其全部症结

在于门阀制度的不合理。《咏史》其二发出了这样的声音：

> 郁郁涧底松，离离山上苗。以彼径寸茎，荫此百尺条。世胄蹑高位，英俊沉下僚。地势使之然，由来非一朝。金张藉旧业，七叶珥汉貂。冯公岂不伟，白首不见招。

　　这首诗始以松、苗取喻，揭示了"上品无寒门，下品无世族"的现象由来已久，世家子弟才拙而窃居高位，而寒门英俊却沉抑下僚无由显达。接着引史事为证，说汉代金、张两大家族子弟凭藉祖先功业，七代为高官；而冯唐奇伟不凡，却至老仍为郎署小官，不被重用。全诗以冯唐自况，抒愤寄慨，有力地表达了广大寒士的不平之鸣。

　　《咏史》八首集中体现了左思诗歌的艺术特色。左思博览文史，驱遣史实于诗中，以表达愤懑不满之情，故既"典"又"怨"。又因善于化咏史为咏怀，恰当深刻，故称"精切"。总而言之，颇得古诗怨刺讽谕之致。八首诗慷慨任气又流贯始终，与建安诗歌传统异代相承，具备了一种风力。钟嵘说左思诗源于刘桢，亦是着眼于风骨峻拔而言。与陆机诗的"举体华美"相比，左思诗歌显得质朴浑成；而用史事寓托壮慨，自然又比潘岳诗更为含蕴深沉。

　　在采缛力柔的太康时代，左思能摆落当时习气，陶冶汉魏，自创伟词，慷慨雄健而风骨独聋，这无疑是一个特异的存在。

宋临川太守谢灵运①

其源出于陈思，杂有景阳之体②。故尚巧似，而逸荡过之③，颇以繁芜为累。嵘谓若人兴多才高④，寓目辄书，内无乏思⑤，外无遗物⑥，其繁富宜哉！然名章迥句⑦，处处间起⑧；丽典新声，络绎奔会⑨。譬犹青松之拔灌木，白玉之映尘沙，未足贬其高洁也⑩。初，钱塘杜明师夜梦东南有人来入其馆⑪，是夕，即灵运生于会稽。旬日，而谢安亡⑫。其家以子孙难得，送灵运于杜治养之⑬。十五方还都⑭，故名客儿。

【注释】

①谢灵运（385—433）：小名客儿，故亦称谢客。陈郡阳夏（今河南太康）人。世居会稽（今浙江绍兴）。东晋名将谢玄之孙。晋时袭封康乐公，世称谢康乐。宋时曾任永嘉太守、临川内史诸职。后以"叛逆"罪被杀。有《谢康乐集》。

②景阳：张协，字景阳。

③逸荡：放纵，放荡。这里指不受检束之意。

④若人：此人。

⑤内无乏思：指内在诗思充沛。

⑥外无遗物：指外在事物都能在诗中毫无遗漏地表现出来。

⑦名章迥句：名篇佳句。

⑧间起：相间而出。

⑨络绎奔会：指不断涌现。

⑩"譬犹青松之拔灌木"三句：意谓如同青松挺立于灌木之上，白玉与尘沙混在一起，谢诗的繁芜并不损其美好、高洁。

⑪钱塘：今浙江杭州，时属吴郡。杜明师：即杜昺，字叔恭（一说名炅，字子恭）。东晋著名道士。

⑫谢安（320—385）：谢玄叔。按，原作谢玄，误。

⑬杜治：应为杜明师家静室。

⑭都：指东晋都城建康（今江苏南京）。

【评析】

在南朝刘宋诗坛上颜延之与谢灵运并称"颜谢"，两人诗风均以典雅密丽为其主要特色。但就具体诗歌艺术成就而言，谢高于颜。《诗品序》称："谢客为元嘉之雄，颜延年为辅。"

谢灵运"才高词盛，富艳难踪"（《诗品序》），与曹植"文才富艳"（《三国志·魏书·陈思王传》）可以并美。尝自谓"天下才共有一石，子建独得八斗，我得一斗，自古及今同用一斗。"（李瀚《蒙求集注》）其拳拳服膺曹植如此，亦可见出两人的艺术渊源关系。而同时又与张协"巧构形似之言"一样，其诗善于描绘风景物象，洋洋洒洒却又不免繁多芜杂的毛病。一般而言，缺点往往与优点相伴随，而谢灵运诗歌的独异之处亦在于此。

　　谢氏家族由北入南，其衣冠世族、公侯才子的身份，加之聪慧禀赋与横溢才华，厝旋于刘裕父子主政之时，屈身于武人与谢氏门下的"老兵""劲卒"（灵运曾祖谢奕称桓温为"老兵"；谢奕弟弟谢万称部下将领为"劲卒"）之下，灵运不堪与拂逆之情可以想见。由于到底不能臣服，且放荡任性，终至以谋逆罪名被杀，亦在情理之中。高贵、兀傲、放纵、不满，出仕与贬隐，这一切都使其固有的山水之癖得以强化，而肆意天地自然，击目经心，铺写出繁复多彩的山水面相，暂且安顿一颗忧郁而孤独的灵魂；亦以名派并因此进入诗史，绵延而生机无限。

　　谢灵运才情富赡，诗艺精到，山林丘壑烟云泉石触目成趣，于笔底奔涌而出，所谓"兴多才高，寓目辄书"，便成画境。如《登江中孤屿》诗：

　　　　江南倦历览，江北旷周旋。怀新道转迥，寻异景不延。乱流趋孤屿，孤屿媚中川。云日相晖映，空水共澄鲜。表灵物莫赏，蕴真谁为传。想象昆山姿，缅邈区中缘。始信安期术，得尽养生年。

　　谢氏在永嘉郡守之任，无意于政事，而多遨游于灵山秀水间。此诗开头两句即是说他已多次遍游江南江北，"江南既倦矣，乃回想我昔游江北。江北山

水，与我周旋久矣，今久不游，若朋友之久旷然。于是又欲返棹游江北。乃
未及江北，适于江中乱流正绝之处，得此孤屿"（吴淇《六朝选诗定论》卷
十四）。江北也好江南也罢，就像两位老友一样，亲近了一方就冷落了另一个，
都不能对之久弃不顾，足见其用情之深。"怀新道转迥，寻异景不延"两句说
他贪寻新境奇景的心切，总觉道途之长时间之促。而恰恰在江南江北之间，他
发现了江中的孤屿，如绝世美人亭亭而立。"孤屿媚中川"中的"媚"字，写
出了江中孤屿的妍美绝特与诗人刹那间的触目惊艳。"云日相晖映，空水共澄
鲜"两句，展现了水天辉映、光明澄澈的空阔之境，既是登屿所见，亦构成
了孤屿妍美之趣的生成背景。最后以山川钟灵毓秀而迁想仙异，归结为养生
之理。

　　怀新寻异，山行水涉，谢灵运似乎永存一份不败的游兴在时时登临送目流
连往还。他不断地在探寻捕捉和感受表现自然之美。移步换形的寓目辄书，兴
多才高而外无遗物，使他的诗笔不免繁芜，但亦称繁富。林文月《谢灵运的
诗》一文中说：

　　　　在此"繁芜"与"繁复"，虽一字之差，而有褒贬之别。钟嵘一方面
　　嫌谢诗有时很累赘，却又觉得细腻入微也未尝不是他高人一等之处。尤其
　　他对于文字的铸炼特别下功夫，于句法及篇章结构又能别出心裁，而且又
　　十分注重音律，所以使得作品冠绝群伦。

　　其实"繁富"在细腻入微之外，亦包括情之微妙与景之层深，这与字句篇
章结构都有关系。一首诗是一个艺术生命整体，一切都服从于这个整体而具有
意味。被元好问称许的"池塘生春草，园柳变鸣禽"（《登池上楼》）两句，写

其进退失据久病初愈的眺望与欣喜，妙手偶得又是情之必然，而全诗的反复书写似都是为了这两句而存在。所以"池塘春草谢家春，万古千秋五字新"，是新在整体，新在字句锤炼而又自然天成。

但景与情的融触及纷繁变态，必要诗人穷力追新以尚巧似始可完足表现，因而字句章法变化生新即不必责求。诗家语句的不同于故常，亦端在于此。

中品

汉上计秦嘉 嘉妻徐淑①

夫妻事既可伤，文亦凄怨②。二汉为五言者，不过数家，而妇人居二③。徐淑叙别之作，亚于《团扇》矣④。

【注释】

①秦嘉（生卒年不详）：字士会，陇西（今属甘肃）人。东汉桓帝时，举上计掾入洛，除黄门郎。今存诗五首。徐淑（生卒年不详）：陇西（今属甘肃）人。秦嘉妻。今存诗一首。

②文亦凄怨：意谓夫妻二人诗歌亦凄凉哀怨。秦嘉有《赠妇诗》三首，徐淑有《答秦嘉诗》一首，均见《玉台新咏》。秦嘉《赠妇诗三首序》云："嘉为郡上掾。其妻徐淑，寝疾还家，不获面别，赠诗云尔。"其一："人生譬朝露，居世多屯蹇。忧艰常早至，欢会常苦晚。念当奉时役，去尔日遥远。遣车迎子还，空往复空返。省书情凄怆，临食不能饭。独坐空房中，谁与相劝勉。长夜不能眠，伏枕独辗转。忧来如循环，匪席不可卷。"其二："皇灵无私亲，为善荷天禄。伤我与尔身，少小罹茕独。既得结大义，欢乐苦不足。念当远离别，思念叙款曲。河广无舟梁，道近隔丘陆。临路怀惆怅，中驾正踟蹰。浮云起高

山，悲风激深谷。良马不回鞍，轻车不转毂。针药可屡违，愁思难为数。贞士笃终始，恩义不可属。"其三："肃肃仆夫征，锵锵扬和铃。清晨当引迈，束带待鸡鸣。顾看空室中，仿佛想姿形。一别怀万恨，起坐为不宁。何用叙我心，遗思致款诚。宝钗好耀首，明镜可鉴形。芳香去垢秽，素琴有清声。诗人感木瓜，乃欲答瑶琼。愧彼赠我厚，惭此往物轻。虽知未足报，贵用叙我情。"徐淑《答秦嘉诗》："妾身兮不令，婴疾兮来归。沉滞兮家门，历时兮不差。旷废兮侍觐，情敬兮有违。君今兮奉命，远适兮京师。悠悠兮离别，无因兮叙怀。瞻望兮踊跃，伫立兮徘徊。思君兮感结，梦想兮容晖。君发兮引迈，去我兮日乖。恨无兮羽翼，高飞兮相追。长吟兮永叹，泪下兮沾衣。"

③妇人居二：指班婕妤、徐淑两位女诗人。

④《团扇》：指班婕妤《怨歌行》。

【评析】

钟嵘将秦嘉、徐淑夫妻置于同品，其体例开诗评家之先河。

夫妇以诗相赠且得以流传下来，再加之其背后悲情故事的哀感动人，这些都足以构成一桩文学佳话。从诗歌形式而言，文人五言诗自班固到秦嘉，差不多经历一个世纪左右的发展才得以成熟；而秦嘉《赠妇诗》三首的出现又是这一形式成熟的标志性事件。

秦嘉与同郡的才女徐淑结为夫妻，伉俪情深。他做郡上计（每年要到京城办事的郡国官吏）奉命进京，时值妻子徐淑因病还母家，未获面别而写了三首《赠妇诗》。没想到秦嘉这一去便客死异乡，两人竟成永诀。淑兄逼她改嫁，她毁形以明志，终身守寡贞节不移。

秦嘉《赠妇诗》三首分别写其即将奉役离乡遣车迎还面别未果，欲前去一叙款曲而未能，徘徊空室投报无由的万般心绪与人生别离的哀感缠绵。三首诗大体按时间顺序多侧面地抒写了别绪离情，续续相生，饱满淋漓。

这是秦嘉深情的留别"三叠"。

人生本如朝露一样短暂，却又别添艰难不顺。秦嘉感叹两人不幸早孤的身世，深恨夫妻欢情来得太晚。如今奉命远役，遣车迎还，而妻子卧病不能面别，他只有凄怆伤怀以至食不下咽。寂寂空房，无人共语。长夜无眠，伏枕辗转。这无法消释的忧思萦绕在心，难以收拾。

上苍公正无私，理应降福于善者之身。然而我与你却少小孤苦，说来凄然。有幸结为夫妇而得共枕席，欢情常觉不足如今又赋离歌。原想临行一诉衷情，道尽款曲，不料世事难测缘悭一面。河水浩浩无舟桥以渡，相距不远却有关山阻隔。临路迟迟，我心惆怅，连车驾似也不忍遽去。此时云起高山之巅，风贯幽深之谷。良马欲驰，而车轮不转。愁思转剧，无药可治。守志不移情坚一贯，夫妻恩义永难断绝。

车驾在门，铃声锵锵。清晨便当启行，我穿戴整齐坐等鸡鸣。回顾空房寂寂，你的姿容蓦然在侧。此一别离惹起我万般愁绪，时起时坐莫可如何。为表款诚，聊赠四物：宝钗、明镜、芳香、素琴。想着你素来待我情深义厚，这区区之诚何堪言报？但古有木瓜琼瑶之诗，赠物之意，重在永结情好吧。

三首诗将情事景物融为一体，而以抒情为主。其事可伤，重在秦嘉抛别病妻的驱役匆匆的无奈，而终成生离死别。其情凄怨，在于伉俪情好而欢乐不足的深憾哀感，又透着命运不可把捉的意味。景语不多，但"浮云起高山，悲风激深谷"两句，深沉苍凉的意绪横亘大地，境界殊为不凡。诗中的多次车驾描写不但切合本事，又主要起到了气氛渲染作用。这一切都标示其抒情艺术的高超。

夫妻诗文赠答，抒写缠绵悱恻的情感，由双方达成而更具别样的艺术感染力。徐淑颇具才情又贞烈自守，其事其文当然容易获致人们称颂。钟嵘将她与班婕妤并提，放置两汉五言诗创作的背景中充分肯定其诗艺之高，就不难理解。徐淑叙别之作或指其《答秦嘉》一诗，但"妾身兮不令，婴疾兮来归"云云，全篇均以"兮"字嵌入始足成五言句，却与通常的五言诗体制不合。尽管如此，其诗长吟咏叹，亦是凄凄流怨的佳篇。两人音书往还，徐淑《报嘉书》亦是至情文字：

　　　　既惠音令，兼赐诸物，厚顾殷勤，出于非望。镜有文彩之丽，钗有殊异之观，芳香既珍，素琴益好。惠异物于鄙陋，割所珍以相赐，非丰恩之厚，孰肯若斯。览镜执钗，情想仿佛。操琴咏诗，思心成结。敕以芳香馥身，喻以明镜鉴形，此言过矣，未获我心也。昔诗人有飞蓬之感，班婕妤有谁荣之叹。素琴之作，当须君归；明镜之鉴，当待君还。未奉光仪，则宝钗不设也；未侍帷帐，则芳香不发也。

回应秦嘉赠物之情，此信主要表明"女为悦己者容"的内在心意。其中提到的班婕妤亦以才德著称。钟嵘将其《团扇诗》与徐淑《答秦嘉诗》作了比较，而认为班诗高于徐作，大抵是着眼于文采而言。

五言诗至汉末文人之手由叙事转为抒情，而秦嘉、徐淑的赠答往还更是情真思哀，故为历代诗评家推重。胡应麟《诗薮·内编》卷二说："秦嘉夫妇往还曲折，具载诗中。真事真情，千秋如在，非他托兴可以比肩。"沈德潜《古诗源》卷三亦谓其"词气和易，感人自深"。

魏文帝①

其源出于李陵，颇有仲宣之体②。新歌百许篇，率皆鄙直如偶语③。唯"西北有浮云"十余首④，殊美赡可玩⑤，始见其工矣。不然，何以铨衡群彦，对扬厥弟者耶⑥？

【注释】

①魏文帝：即曹丕（187—226），字子桓，沛国谯（今安徽亳州）人。曹

操次子。曹操卒，继为魏王，代汉称帝。卒谥文帝。有《魏文帝集》。

②仲宣：王粲，字仲宣。

③鄙直如偶语：意谓鄙俗质直像对话。偶语，原是相对私语之意，这里指对话、口语。

④西北有浮云：曹丕《杂诗》其二："西北有浮云，亭亭如车盖。惜哉时不遇，适与飘风会。吹我东南行，行行至吴会。吴会非我乡，安得久留滞。弃置勿复陈，客子常畏人。"

⑤殊美赡可玩：意谓极其富丽可以玩赏。

⑥何以铨衡群彦，对扬厥弟者耶：意谓凭什么来评量诸位才士，与其弟曹植对答称扬呢。彦，有才学的人。对扬，对答称扬。

【评析】

曹丕继乃父曹操后代汉自立，是为文帝。政治家的弄权与文学家的风雅集于一身，两种面相的不同是那样鲜明，而使其不朽的却是后者。这倒应了他《典论·论文》中的一段话：

> 盖文章经国之大业，不朽之盛事。年寿有时而尽，荣乐止乎其身，二者必至之常期，未若文章之无穷。是以古之作者，寄身于翰墨，见意于篇籍，不假良史之辞，不托飞驰之势，而声名自传于后。

偏偏是这个以为饰获信于曹操的人，颠覆了古来"太上有立德，其次有立功，其次有立言"的个人价值定位，而将"立言"置于"太上"。而那位屡次被他猜忌意欲加罪的弟弟曹植却偏要立功，险些因此丧命亦终身以之，矢志不渝。

曹丕为建安文坛领袖人物之一。其"博闻强识，才艺兼该"(《三国志·魏书·文帝纪》)，常与诸文士宴饮赋咏，颇呈一时之盛。所谓"文帝以副君之重，妙善辞赋；陈思以公子之豪，下笔琳琅；并体貌英逸，故俊才云蒸……傲雅觞豆之前，雍容衽席之上，洒笔以成酺歌，和墨以藉谈笑"(《文心雕龙·时序》)。其辞赋、散文、诗歌兼擅，所著《典论·论文》是我国古代较早的一篇文学批评专论。

曹丕诗歌今存四十余篇，内容以游子行役、思妇怨别一类居多。《杂诗》其二写客子怀念故乡的怅惘情绪，风调与乐府古诗相类。开篇以浮云起兴并借喻游子，说西北浮云乍起，峥嵘耸立如车篷却无所归依。"车盖"之喻，既形象刻画出浮云的形状，又暗以车之轮转不定状游子行踪；而"亭亭"之特立的形容亦与游子的孤怀靡托情事切合。这一喻象贯串全篇，富于巧思。接着"惜哉时不遇，适与飘风会"两句，感叹浮云恰恰遭遇一阵暴风，真是机运不佳，而漂泊的命运已然注定。没想到这烈风吹我到东南的吴、会一带。由西北到东南，两地遥遥，而异乡怎可久留。事已至此，什么都不说了。客子势单，中心情怯的况味时时兜上心头。

齐梁及其后人对这首诗都很欣赏。江淹《学魏文帝诗》有："西北有浮云，缭绕华阴山"的句子，拟曹丕而径以原句入诗。王世贞《艺苑卮言》卷三说："子桓'西北有浮云''秋风萧瑟'，非邺下诸子可及。仲宣、公幹远在下风。"陈祚明《采菽堂古诗选》卷五云："(《杂诗》二首)独以自然为宗，言外有无穷悲感，若不止故乡之思。寄意不言，深远独绝，诗之上格也。"

钟嵘对曹丕所作一百来首新歌的鄙俗质直的俚语风格有所不满，而独赏其《杂诗》"西北有浮云"等诗作，认为"美赡可玩"、"始见其工"，所依据的是六朝尺度。和时代风会相关，曹丕诗在整体上虽不如曹植影响之大，但诸如《芙蓉池作诗》中"卑枝拂羽盖，修条摩苍天""丹霞夹明月，华星出云间"等偶对句式，殊具新的审美趋尚，对后世亦不无影响。

清人沈德潜《古诗源》卷五说："子桓诗有文士气，一变乃父悲壮之习矣。要其便娟婉约，能移人情。"与曹操的古直悲壮不同，而曹丕的个人情感抒发及其清丽柔婉的诗风，亦是由"汉音"到"魏响"的必然走向与标示。

魏中散嵇康①

颇似魏文。过为峻切，讦直露才②，伤渊雅之致③。然托喻清远，良有鉴裁，亦未失高流矣④。

【注释】

①嵇康（224—263）：字叔夜，谯郡铚（今安徽宿州西）人。为魏中散大夫。因与司马氏集团不合作，终至下狱被杀。有《嵇中散集》。

②讦（jié）直露才：意谓直斥他人，才能外露。讦，直言。露才，班固《离骚序》："今若屈原，露才扬己。"

③渊雅：深远高雅。

④"然托喻清远"三句：意谓寄意清新玄远，殊具鉴察评判的识力，不失为诗家名流。良，甚，确实。

【评析】

嵇康诗文书画兼通，又妙善音律；容止风神绝佳而惹得人们为之倾倒赏叹。据说其"身长七尺八寸，风姿特秀。见者叹曰：'萧萧肃肃，爽朗轻举。'"（《世说新语·容止》）山涛谓其"岩岩若孤松之独立"（同上引）。康死多年后，有人对王戎说嵇康之子嵇绍"卓卓如野鹤之在鸡群"。戎答曰："君未见其父耳"（同上引）。临刑前，太学生三千人请以为师，上书司马昭而未获准。康顾视日影，感叹《广陵散》绝。清人谢启昆咏嵇康说："鹤在青霄罗未远，琴弹白日影初移。三千太学伤东市，一笛山阳怅子期。"（《树经堂咏史诗·嵇康》）嵇康是一只飘逸而又孤傲的鹤，网罗在天而无所避忌，终罹祸身死。助他一道打铁的友人向秀（字子期）写了一篇《思旧赋》，序中称"嵇博综技艺，于丝竹特妙；临当就命，顾视日影，索琴而弹之"。经其山阳旧居，闻邻人吹笛，仿佛嵇康绝命时的琴声复起，向秀遂感音而叹："听鸣笛之慷慨兮，妙声绝而复寻。"

嵇康长于四言诗，如《赠秀才入军》之"目送归鸿，手挥五弦"两句，王士禛即评为"妙在象外"（《古夫于亭杂录》卷二）。据说此二句亦引起东晋画家顾恺之的注意，说"画'手挥五弦'易，'目送飞（归）鸿'难"（《世说新语·巧艺》）。嵇康亦能五言，诸如《酒会诗》（乐哉苑中游）、《赠秀才入军》（双鸾匿景曜）、《答二郭三首》之第二首、《与阮德如诗》、《述志诗》等，都是这方面的佳作。

《述志诗》其二可作为嵇康五言诗主体风格的代表：

斥鷃擅蒿林，仰笑神凤飞。坎井蝤蛄宅，神龟安所归。恨自用身拙，任意多永思。远实与世殊，义誉非所希。往事既已谬，来者犹可追。何为人事间，自令心不夷。慷慨思古人，梦想见容辉。愿与知己遇，舒愤戾其微。岩穴多隐逸，轻举求吾师。晨登箕山颠，日夕不知饥。玄居养营魄，千载长自绥。

起四句运用比兴手法，其感慨与左思《咏史》其二"郁郁涧底松，离离山上苗。以彼径寸茎，荫此百尺条。世胄蹑高位，英俊沈下僚"几句大体相同，但却不如左氏含蓄（王叔岷《钟嵘诗品笺证稿》）。中间八句多以议论出之，表明自己与世乖违的不平之感。"慷慨思古人，梦想见容辉"以下则希企隐逸以全真养性。由愤激不平至"玄居养营魄，千载长自绥"，既"峻切诘直"，又"托喻清远"。此外，《赠秀才入军》之"双鸾匿景曜"一首，以"双鸾"设譬，道其志行高洁超绝，而深感"云网塞四区，高罗正参差"的处境险恶，希望秀才避祸早归，能够一起翔游太空。《诗品序》称此篇为"五言诗之警策"。

嵇康欲学阮籍之"至慎"而终至学不来，卒被其祸。然为诫其子嵇绍的《家诫》却反复谆谆

授以处世之道，不避琐琐。如"若会酒坐，见人争语，其形势似欲转盛，便当亟舍去之，此将斗之兆也"。酒场争执，要逃席以免言语是非，诸如此类，似与其素性不合。明人张溥说："嵇中散任诞魏朝，独《家诫》恭谨，教子以礼。"（《汉魏六朝百三家集·颜光禄集题辞》）嵇康深知世道之险且能言而却不能行，大抵是其峻烈激切的性格使然。

乱世名士有如此者，不能不令人为之浩叹。

晋司空张华①

其源出于王粲。其体华艳，兴托多奇②。巧用文字，务为妍冶。虽名高曩代③，而疏亮之士④，犹恨其儿女情多，风云气少。谢康乐云："张公虽复千篇，犹一体耳。"今置之中品疑弱，处之下科恨少⑤，在季、孟之间矣⑥。

【注释】

①张华（232—300）：字茂先，范阳方城（今河北固安西南）人。由魏入晋，官至司空。有《张茂先集》。

②兴托多奇：意谓张华诗意兴寄托大都奇异不凡。多奇，一作"不奇"。

③名高曩代：意谓张华在其所生活的晋代极有名。曩代，前代。

④疏亮之士：通达之人。疏亮，通达明朗。

⑤今置之中品疑弱，处之下科恨少：一作"今置之甲科疑弱，抑之中品

恨少"。

⑥季、孟之间：上、下之间。此指在中品、下品之间。《论语·微子》："齐景公待孔子，曰：'若季氏，则吾不能；以季、孟之间待之。'"

【评析】

张华博学多闻，喜奖掖文士，为西晋初文坛祭酒。王嘉《拾遗记》谓其"好观秘异图纬之部，捃采天下遗逸，自书契之始，考验神怪及世间闾里所说，造《博物志》四百卷"，后奉晋武帝之命删减为十卷。他在西晋一度位崇望高，为其所延誉、交接的一时人物有陆机兄弟、左思、成公绥、陈寿、诸陶、张轨、刘聪等。

张华《情诗》五首、《感婚诗》一首、《杂诗》二首等，均为抒写儿女私情之作，而"风云气少"，缺乏骨力。《情诗》五首，以"情"标题，是其代表作。其三：

清风动帷帘，晨月照幽房。佳人处遐远，兰室无容光。襟怀拥虚景，轻衾覆空床。居欢惜夜促，在戚怨宵长。抚枕独啸叹，感慨心内伤。

这首诗写妻子对远方丈夫的思念。"清风"四句说清晨的微风吹动帷帘，月光照进闺房。思妇见月怀远，觉室内暗淡无光。笔触由外及内，景之凄寂与人之心绪互为映照，相思之情隐隐透出。"襟怀"四句写其一夜无眠的恍惚之状。思极而生幻，往昔居欢时情景仿佛重现，而衾覆空床的现实又刹那间击碎这虚景。紧着写居欢与离思的不同心理感受，居欢夜短而戚怨宵长的对比更典型地刻写出独居的别样滋味。结末两句以感叹伤怀收束全篇。这首诗虽多用对偶不无藻饰，但对思妇特定心理的刻画细腻真切，颇见功力。其五：

游目四野外，逍遥独延伫。兰蕙缘清渠，繁华荫绿渚。佳人不在兹，取此欲谁与。巢居知风寒，穴处识阴雨。不曾远别离，安知慕俦侣。

前六句大体从古诗"涉江采芙蓉"化出，抒写赠物寄情之意。后四句以"巢居知风寒，穴处识阴雨"来比方"不曾远别离，安知慕俦侣"，说明未经离别者难知个中苦楚，强化了别绪离情的浓重。

两首诗"儿女情多"，笔法细致工巧，时富辞藻，风格柔婉，代表了张华诗的主体特色。但如《轻薄篇》对"末世多轻薄，骄代好浮华。志意既放逸，赀财亦丰奢"的讥刺，《博陵王宫侠曲》其二对"雄儿任气侠，声盖少年场。借友行抱怨，杀人租市旁"之任侠的颂美，都超越了"儿女情多"的拘限，而殊为华绰俊爽。总体而言，其诗多拟古之作，往往规步前贤，意格终少变化，故有千篇一律之嫌。

魏尚书何晏 晋冯翊守孙楚 晋著作王赞 晋司徒掾张翰 晋中书令潘尼①

平叔"鸿鹄"之篇②，风规见矣③。子荆"零雨"之外④，正长"朔风"之后⑤，虽有累札，良亦无闻⑥。季鹰"黄华"之唱⑦，正叔"绿蘩"之章⑧，虽不具美，而文彩高丽⑨。并得虬龙片甲，凤凰一毛⑩。事同驳圣⑪，宜居中品。

【注释】

①何晏（？—249）：字平叔，南阳宛（今河南南阳）人。曹爽秉政时，官至侍中、吏部尚书等。今存诗二首。孙楚（？—293）：字子荆，太原中都（今山西平遥）人。晋惠帝时，官至冯翊太守。有《孙子荆集》。王赞（生卒年不详）：字正长，义阳郡（今河南新野）人。晋惠帝时，历侍中、著作郎等职。今存诗五首。张翰（生卒年不详）：字季鹰，吴郡吴县（今江苏苏州）人。晋惠帝时，为大司马东曹掾。今存诗六首。潘尼（250？—311？）：字正叔，荥阳中牟（今属河南）人。永嘉中，宫为太常博士。有《潘太常集》。

②平叔"鸿鹄"之篇：指何晏《拟古诗》。《世说新语·规箴》注引《名士传》："是时曹爽辅政，识者虑有危机。晏有重名，与魏姻戚，内虽怀忧，而无复退也。著五言诗以言志，曰：'鸿鹄比翼游，群飞戏太清。常畏大罗网，忧祸一旦并。岂若集五湖，从流唼浮萍。永宁旷中怀，何为怵惕惊。'盖因（管）辂言，惧而赋诗。"

③风规见矣：意谓何晏《拟古诗》有讽时自规的意思。

④子荆"零雨"：指孙楚《征西官属送于陟阳候作诗》："晨风飘歧路，零雨被秋草。倾城远追送，饯我千里道。三命皆有极，咄嗟安可保。莫大于殇子，彭聃犹为夭。吉凶如纠缠，忧喜相纷绕。天地为我炉，万物一何小。达人垂大观，诚此苦不早。乖离即长衢，惆怅盈怀抱。孰能察其心，鉴之以苍昊。齐契在今朝，守之与偕老。"

⑤正长"朔风"：指王赞《杂诗》："朔风动秋草，边马有归心。胡宁久分析，靡靡忽至今。王事离我志，殊隔过商参。昔往鸧鹒鸣，今来蟋蟀吟。人情怀旧乡，客鸟思故林。师涓久不奏，谁能宣我心？"

⑥虽有累札，良亦无闻：意谓孙楚、王赞除上提诗篇之外，虽还有许多诗作，但确实没什么有名的诗篇了。累札，连篇累牍。

⑦季鹰"黄华"之唱：指张翰《杂诗》三首之一："暮春和气应，白日照园林。青条若总翠，黄华如散金。嘉卉亮有观，顾此难久耽。延颈无良途，顿足托幽深。荣与壮俱去，贱与老相寻。欢乐不照颜，惨怆发讴吟。讴吟何嗟及，古人可慰心。"

⑧正叔"绿蘩"之章：指潘尼《迎大驾》诗："南山郁岑崟，洛川迅且急。青松荫修岭，绿蘩被广隰。朝日顺长途，夕暮无所集。归云乘幰浮，凄风寻帷入。道逢深识士，举手对吾揖。世故尚未夷，崤函方嶮涩。狐狸夹两辕，豺狼当路立。翔凤婴笼槛，骐骥见维絷。俎豆昔尝闻，军旅素未习。且少停君驾，徐待干戈戢。"

⑨虽不具美，而文彩高丽：意谓虽非尽善尽美而文采高雅艳丽。具，

通"俱"。

⑩并得虬龙片甲，凤凰一毛：意谓都得到了虬龙身上一片鳞甲，凤凰身上一根翎毛。

⑪事同驳圣：谓五人诗不够精纯。驳，杂，掺杂。圣，喻指好诗。

【评析】

钟嵘将何晏、孙楚、王赞、张翰、潘尼五人合为一品，并分别举出他们的代表诗作加以评论，大抵是因其风骨相近，都有文采可观的缘故。

何晏是曹魏后期文士中的著名人物，正妣清谈的领袖。他面容姣好，行步顾影，人每疑其傅粉，故有"傅粉何郎"之称。又率先服食五石散，而由此使服药、饮酒、清谈一并成为名士风流的标志。他颇好道家之言，与夏侯玄、王弼等倡导"三玄"（《易》《老》《庄》），是玄学的创始者之一。然而与阮籍、嵇康不同，他却热衷于事功，依附大将军曹爽，最终被司马

氏诛杀。罗宗强先生将其与山涛等人划归"入世的名士"一类，并言："只是
在他的抱负里，似藏有逍遥游的思想，但那只是一种与他的口谈玄虚相应的志
向，并未成为他的处世的基本态度，当他体认政局中的险阻忧虑时，这志向才
会出现。"（《玄学与魏晋士人心态》）其《言志诗》二首即是这一境况下的形
象自白。《世说新语·规箴》注引《名士传》说："是时曹爽辅政，识者虑有危
机。晏有重名，与魏姻戚，内虽怀忧，而无复退也。著五言诗以言志……"其
一以鸿鹄喻托自己，说一旦卷入政争的罗网，即不能自主而忧祸并作，而聊且
效鸿鹄的逍遥放逸，暂时忘怀一切惊扰。其二复以浮萍从流漂移喻世事变幻无
法把握一己命运，索性托身清池，且尽其一时之乐，不管将来如何了。两首诗
均具讽时自规之意。许学夷《诗源辩体》卷四谓："何晏五言二篇，托物兴寄，
体制犹存"，与钟嵘所说"风规见矣"意思相近。

　　孙楚、王赞两位诗人，分别只有《征西官属送于陟阳候作诗》与《杂诗》
值得一提。孙楚自负才气，通脱高傲，唯与同郡豪俊公子王济友善。济死，孙
楚前去吊唁，于灵前作驴鸣，并斥责众宾客说："使君辈存，令此人死。"王
济生前亦赞孙楚说："天才英特，亮拔不群。"楚少时尝有隐居之志，对王济说
道："吾欲漱石枕流。"误将"枕石漱流"弄颠倒了而遭致王济诘问："流非可
枕，石非可漱。"孙楚答："枕流欲洗其耳，漱石欲厉其齿。"巧用传说中古代
高士许由听到尧将让天下于他而临河洗耳的故典，为自己解嘲，可见孙楚的
清高脱俗与聪慧辩捷。《征西官属送于陟阳候作诗》为送别之作，多人世无常、
寿夭祸福难凭的感叹，而归结于道家齐物之论。何焯《义门读书记》卷四十六
评云："时方贵老庄，而见之于诗，亦为创变，故举世推高。"开篇两句以"晨

风""歧路""零雨""秋风"绘写别时情景，给人以衰飒凄凉之感，奠定了全诗"乖离即长衢，惆怅盈怀抱"的黯然基调。王赞《杂诗》亦以"朔风动秋草，边马有归心"的景句开篇，抒写久役思乡之情，精警动人。王闿运《八代诗选》谓："'朔风'二语，当时倾倒。是以自然为胜，故与子荆'零雨'并称。"

张翰与潘尼两人身处乱世而均有清醒头脑，得以终其天年。晋惠帝时，张翰进入官场，而八王战事已兴，皇族相互攻伐，文士多于乱局中罹害。他无意仕进，颇有求退之心。时值洛阳秋风乍起，油然怀想吴中家乡的菰菜、莼羹、鲈鱼脍，感叹："人生贵得适意尔，何能羁宦数千里以要名爵！"遂不告而归。而"秋风鲈脍"多为后世文翁诗客感怀寄咏的常典，与陶渊明逃禄归耕的佳话并享千秋美名。三庄《江边吟》即云："陶潜政事千杯酒，张翰生涯一叶舟。"苏舜钦《答韩持国书》云："有兴则泛小舟出盘阊，吟啸览古于江山之间；渚茶野酿，足以消忧；莼鲈稻蟹，足以适口。"张翰纵任不拘的性情与阮籍相近，时号"江东步兵"，而其"使我有身后名，不如即时一杯酒"的达士之言，亦为人传诵或祖述。明清时盛传的"万事无如杯在手，一年几见月当头"两句诗（俞樾《九九销夏录》卷八），即显系从此化出。《杂诗》一首为《文选》收录，是其抒写幽怀之作。前四句写园林暮春时节，绿树郁茂青葱，菊花点点如金，绘景微妙入神。中间"嘉卉亮有观，顾此难久耽"两句以下，转而触发盛衰沧桑的人生感怀。春景难以持久，荣壮贱老与欢乐惨怆相伴随，乃是众生无可逃避的宿命，其忧患之心沛然流溢。"黄花"诗意以致惹得李白极口赏叹："张翰黄花句，风流五百年。"（《金陵送张十一再游东吴》）与张翰无意宦途中道遽返不同，潘尼深音恬退全身之理，亦能谨慎周旋于诸王刀剑争锋之隙，仕途

殊为闻达通泰。出仕前的《安身论》，阐发安身存正、无私寡欲之道，深怀虑
退、惧乱、戒亡之忧，及对躁进招祸惕然警觉的洞彻，足可见其明哲保身的先
见之明。而入仕后的《怀退赋》，明示身陷"罗网罟之重深"的险境，以"怀
退"之思，谋"全质"（保全生命）之计，亦为忧生煎怀的文字。《晋书》本传
说"时三王战争，皇家多故，尼职居显要，从容而已。虽忧虞不及，而备尝艰
难"，可作为这篇赋的注脚。《迎大驾》作于八王之乱中，是写景言怀的佳作。
前半描绘山川朝暮之景，凄楚苍凉，切合军旅情状。后半表明时局板荡，劝大
驾（晋惠帝）暂勿前行，以待清平之意。其忧世之心，于此见出。陈祚明《采
菽堂古诗选》卷十一称其"手笔高苍，情绪警切，而轨于雅正。渢渢乎有魏世
之遗音矣！"而此诗风调确与建安风骨相近。

　　乱世文人乱世情。魏晋诗人的生死歌哭奇言异行，于进退出处笔端精妙
中，显现了那个特定时代别样的尴尬与风流。

魏侍中应璩①

　　祖袭魏文②。善为古语③。指事殷勤④，雅意深笃，得诗人激刺之旨。至于"济济今日所"⑤，华靡可讽味焉。

【注释】

①应璩（190—252）：字休琏，汝南南顿（今河南项城西）人。应玚之弟。曾历任散骑常侍、侍中、大将军长史等职。有与其弟合集《应德琏休琏集》。

②祖袭：师法，承袭。

③善为古语：意谓应璩诗善于运用古事古语。

④指事殷勤：意谓陈说事理，周到恳切。

⑤济济今日所：此为佚句。全诗不存。

【评析】

　　应璩历仕魏文帝、明帝、少帝三朝，主要活跃于曹魏后期。博学而好属文，弱冠即获致曹丕赏识。与当时躁竞浮华之辈不同，他颇怀守拙退静之趣，亦能冷眼观世。据载，曹爽秉政，多违法度，他作《百一诗》以讽之。

　　《百一诗》之名，始见于萧统《文选》及刘勰《文心雕龙》。《文选》李善注说："据《百一诗序》云：'时谓曹爽曰：公今闻周公巍巍之称，安知百虑有一失乎？百一之名，盖兴于此。'"或谓应璩五言诗百数十篇，"以讽规治道，盖有诗人之旨焉"（李充《翰林论》）。《文心雕龙·明诗》称："若乃应璩《百一》，独立不惧，辞谲义贞，亦魏之遗直也。"《才略》亦云："休琏风情，则《百一》标其志。"可见《百一诗》承继《诗经》怨刺传统，是有特定所指的讽规治道之作。这与钟嵘"得诗人激刺之旨"的看法一致。但就其现存诗篇而言，内容广泛，似难确指专讽曹爽一人，而亦有自嘲自讽之作。

《百一诗》中针对统治者大兴土木营建宫室靡费之巨云：

> 室广致凝阴，台高来积阳。奈何季世人，侈靡在宫墙。饰巧无穷极，土木被朱光。征求倾四海，雅意犹未康。

这首诗描写宫室之高大与穷极工巧，说这均是由征求全国百姓脂膏所致，而为政者一己之欲还未满足。考诸史籍，大抵是刺魏明帝营建许、洛宫室之事。当时一些大臣曾就明帝起朝阳、太极殿，筑总章观诸举提出批评，以为妨民害农的大事营造，侈靡已甚，必招颠覆危亡之祸。此外如刺官场营求的"京师何缤纷，车马相奔起"，提醒执政者"细微可不慎，堤坏自蚁穴"的逆耳箴规，都有讽谕深意隐然其中。

这组诗中一些自嘲自讽之作，虽不涉政事，亦有个人怨怼之意，颇具个性色彩：

> 少壮面目泽，长大颜色粗。粗丑人所恶，拔白自洗苏。平生发完全，变化似浮屠。醉酒巾帻落，秃顶赤如壶。

由少壮到老大，不但面目粗丑惹人厌恶，而头发完全脱落光秃如僧，越发令人不堪。诗以调笑口气出之，殊饶幽默趣味。而个中难言幽隐，似乎并不轻松。

应璩诗多讽谕怨刺，风格拙朴，善用古语。所谓古语，大致如钟嵘评曹丕诗"率皆鄙直如偶语"之意，故二人在风格上存在渊源关系。至于钟氏引应璩佚句"济济今日所"，认为这首诗华靡有味，则难知其详。

晋清河太守陆云 晋侍中石崇
晋襄城太守曹摅 晋朗陵公何劭①

清河之方平原，殆如陈思之匹白马②。于其哲昆，故称二陆③。季伦、颜远，并有英篇④。笃而论之⑤，朗陵为最。

【注释】

①陆云（262—303）：字士龙，吴郡吴县（今江苏苏州）人。陆机之弟。官至清河内史。因此职务与郡太守同，故亦混称太守。有《陆清河集》。石崇（249—300）：字季伦，渤海南皮（今属河北）人。官至侍中。今存诗八首。曹摅（？—308）：字颜远，谯国谯（今安徽亳州）人。晋惠帝时，官至襄城太

守。今存诗十首。何劭（236—301）：字敬祖，陈国阳夏（今河南太康）人。何曾之子，袭父封为郎陵郡公。官至尚书左仆射。今存诗四首。

②清河之方平原，殆如陈思之匹白马：意谓陆云之与陆机相比并，相当于曹彪之比曹植一样难以匹配。白马，指白马王曹彪。

③于其哲昆，故称二陆：意谓陆云因为有陆机这位贤兄的关系，故称二陆。于其，以其。哲昆，贤兄。

④英篇：出色的诗篇。

⑤笃而论之：切实而论。笃，确当。

【评析】

钟嵘历评陆云、石崇、曹摅、何劭四位诗人，而尤为推崇何劭。

陆云与其兄陆机齐名，并称"二陆"。二陆入洛见赏于张华，而声价大增。陆云曾与荀隐在张华座言语对答，云自称"云间陆士龙"，荀自称"日下荀鸣鹤"（《晋书》本传）。云之才藻敏捷于往复应对中崭然可睹。二陆兄弟并称，所谓"机云标二俊之采"（刘勰《文心雕龙·时序》），但两人气质才性有异，诗作亦呈现不同的个性特色。《世说新语·赏誉》载："蔡司徒在洛，见陆机兄弟住参佐廨中，三间瓦屋，士龙住东头，士衡住西头。士龙为人，文弱可爱。士衡长七尺余，声作钟声，言多慷慨。"刘孝标注引《文士传》说："云性弘静，怡怡然为士友所宗。机清厉有风格，为乡党所惮。"虽为兄弟而情性不同如此，诗文却于均尚文辞之美以外，亦各有偏嗜。大体说来，陆机缀辞繁芜，而陆云则雅好清省。一方面，诸如陆云之《为顾彦先赠妇往返诗》四首，代人立言，而多"目想清慧姿，耳存淑媚音""雅步袅纤腰，巧笑发皓齿"一类徒事藻炼的硬语偶句，风格华赡，而与其兄相近；另一方面，又有如《答兄平原诗》、《答张士然诗》一类情感真挚、风格清丽之作。《答兄平原诗》云：

> 悠悠涂可极，别促怨会长。衔思恋行迈，兴言在临觞。南津有绝济，北渚无河梁。神往同逝感，形留悲参商。衡轨若殊迹，牵牛非服箱。

抒兄弟别离之情而极其深挚。中间六句对偶亦无雕藻生硬之弊。钟氏评价二陆，认为弟不及兄。而沈德潜《古诗源》卷七则说，陆云"诗与士衡亦复伯仲"。

石崇、曹摅亦写作了一些优秀诗篇。王世贞《艺苑卮言》卷三说："石卫尉纵横一代，领袖诸豪，岂独以财雄之，政才气胜耳！《思归引》《明君辞》，情质未离，不在潘、陆下。"据载，石崇因劫掠客商而致巨富，在河阳金谷涧建金谷园，宴聚一时文士于其中，纳善于吹笛的南国佳人绿珠为姬，建绿珠楼以宠之，可供凭栏远望而慰其乡思。生活豪奢，争靡斗富。亦有学问诗才，《王明君辞》五言诗一首即为人所称。这首诗创造了一个哀怨的昭君形象，怜其远嫁的不幸遭遇而深致叹惋之情。诗以"我本汉家子，将适单于庭"开篇，先叙辞别汉庭"哀郁伤五内，泣泪湿朱缨"的悲摧，继写在匈奴的奇辱和忧愤，又假托飞翔的大雁寄托身不得脱的无望情绪，最后以"传语后世人，远嫁难为情"作结。何焯《义门读书记》卷四十七云："石季伦《王明君辞》逼似陈王。此诗可以讽失节之士。"曹摅生当西晋后期，诗文兼擅。五言《感旧诗》《思友人》，被萧统收入《文选》卷二十九"杂诗类"。《感旧诗》云：

> 富贵他人合，贫贱亲戚离。廉蔺门易轨，田窦相夺移。晨风集茂林，栖鸟去枯枝。今我唯困蒙，群士所背驰。乡人敦懿义，济济荫光仪。对宾

颂有客，举觞咏露斯。临乐何所叹？素丝与路歧！

《文选》李善注认为此诗主旨是"感故旧相轻，人情逐势"。至于具体指涉，恐怕不好坐实。其实也不必深究的，因为人情冷暖世态炎凉本是人世间的常态。况曹摅看惯了乱世中的恩怨离合，有感而发即具有了反思人生的警世意味。诗以"富贵他人合，贫贱亲戚离"的议论开篇，然后历举战国至汉代的廉颇、蔺相如、田蚡、窦婴门下士的趋炎附势的事典，感慨殊深。"今我唯困蒙，群士所背驰"两句，由历史跌落现实自身，突兀有力而又转接自然。接写乡人重情尚义，待我以善的高谊，与"群士"的悖离友情又适成鲜明对比。"有客""露斯"是《诗经》语典，感怀乡人不醉不归的友情之重。而结末二句用了"素丝""路歧"的典故，深忧世道人情反复变易的难以测度，所以对欢宴而叹。《思友人》为思念友人欧阳建而作。前半写秋天肃杀景象，而融入感时思人之情。"严霜凋翠草，寒风振纤枯。凛凛天气清，落落卉木疏"几句，境界不凡。后半抒发思念之意，深情绵邈。刘勰《文心雕龙·才略》谓："曹摅清靡"，大抵是指这类诗篇而言。

比较品评了陆云诸人诗歌之后，钟氏认为何劭最好。萧统《文选》载何劭《游仙诗》《赠张华》《杂诗》等三首。《游仙诗》云：

> 青青陵上松，亭亭高山柏。光色冬夏茂，根柢无凋落。吉士怀贞心，悟物思远托。扬志玄云际，流目瞩岩石。羡昔王子乔，友道发伊洛。迢递陵峻岳，连翩御飞鹤。抗迹遗万里，岂恋生民乐。长怀慕仙类，眇然心绵邈。

以高山松柏挺立，历经冬夏根深叶茂而不凋谢，写其矫矫不群之状。"吉士怀贞心，悟物思远托"两句喻自己亦具松柏之心，而寄情深远。接着即主要写其抗志云表流连山岩的出世之想。王子乔吹箫作凤鸣，遇浮丘公于伊洛之间，被接引升仙化鹤的佳话，使其油然怀慕不已而情志邈远。"抗迹遗万里，岂恋生民乐"两句，道出了此诗处乱朝而思游仙去世的主旨。何焯《义门读书记》卷四十六说比为"游仙正体，弘农其变"。认为何劭这首游仙诗为正体，而郭璞游仙诗则为变体。张华《答何劭》评劭诗"穆如洒清风，奂若春华敷"，谓其诗如"清风""春华"一样清隽美妙。而何劭《赠张华诗》中："暮春忽复来，和风与节俱。俯临清泉涌，仰观嘉木敷。"许文雨以为"读之状溢目前"。(《钟嵘诗品并疏》)大抵是以"清隽"的尺度衡量四人诗作，钟嵘以为何劭是其中最为秀出的。

晋太尉刘琨　晋中郎卢谌①

　　其源出于王粲。善为凄戾之词，自有清拔之气②。琨既体良才，又罹厄运③，故善叙丧乱，多感恨之词。中郎仰之，微不逮者矣④。

【注释】

　　①刘琨（271—318）：字越石，中山魏昌（今河北无极东北）人。历官并州刺史、侍中、太尉等。有《刘中山集》。卢谌（285—351）：字子谅，范阳涿县（今属河北）人。西晋末，为刘琨主簿，转从事中郎。后依石季龙。今存诗八首。

　　②善为凄戾之词，自有清拔之气：意谓刘琨诗善写凄凉悲苦之辞，自有清刚挺拔的气势。凄戾，凄厉悲苦。

　　③琨既体良才，又罹厄运：意谓刘琨既具有良好的诗才，又遭遇恶劣的命运。体，禀有。

　　④中郎仰之，微不逮者矣：意谓卢谌仰慕刘琨，而诗歌却略有不及。逮，及。

【评析】

　　刘琨、卢谌生当西晋末年丧乱之际，谌为刘琨内侄，与琨诗歌赠答，颇受刘琨重用，且两人诗风相近，故同列一品。但究其创作实绩，谌不及琨。

　　刘琨早年以雄豪著称，又嗜声色而矫励纵逸。八王乱起，中原板荡，遂励志奋起，曾有与好友祖逖于中夜闻鸡起舞的佳话流传。《晋阳秋》载：

逖与司空刘琨俱以雄豪著名，年二十四，与琨同辟司州主簿，情好绸缪，共被而寝。中夜闻鸡鸣俱起，曰："此非恶声也。"每语世事，则中宵起坐，相谓曰："若四海鼎沸，豪杰共起，吾与足下相避中原耳。"

后遭遇国破家亡之痛，而仍孤军奋战，志在复仇卫国，直至遇害。

刘琨现存诗歌皆为后期之作，《扶风歌》、五言《重赠卢谌》为其代表作。《扶风歌》是其永嘉元年（307）任并州刺史时所作。时刘琨受命率千余人离洛阳转战至晋阳，叙写了途中的观感。诗中一方面写出了诀别洛阳、顾瞻宫阙而叹息泪下的心情，另一方面又写了途中"烈烈悲风起，泠泠涧水流"的自然景物，并抒发了如李陵抗击匈奴劳而无功，深恐加罪的忧惧。报国之志与现实困境构成无法化解的矛盾。全诗景物渲染与浓重情思交复叠现，风格苍凉悲壮。沈德潜《古诗源》卷八总评刘琨诗说："越石英雄失路，万绪悲凉，故其诗随笔倾吐，哀音无次。"此诗足以当之。

与卢谌的五言赠答诗《重赠卢谌》是其绝命前的佳作：

握中有悬璧，本自荆山璆。惟彼太公望，昔在渭滨叟。邓生何感激，千里来相求。白登幸曲逆，鸿门赖留侯。重耳任五贤，小白相射钩。苟能隆二伯，安问党与雠？中夜抚枕叹，想与数子游。吾衰久矣夫，何其不梦周？谁云圣达节，知命故不忧。宣尼悲获麟，西狩涕孔丘。功业未及建，夕阳忽西流。时哉不我与，去乎若云浮。朱实陨劲风，繁英落素秋。狭路倾华盖，骇驷摧双辀。何意百炼刚，化为绕指柔。

据《晋书》本传，知此诗为刘琨被段匹磾囚禁，自知必死，故而"托意非常，摅畅幽愤"。刘琨在并、幽一带征战十多年，艰苦备尝。由早年玄虚放

旷至"困于逆乱，国破家亡，亲友凋残。负杖行吟，则百忧俱至；块然独坐，则哀愤两集"（《答卢谌书》）这一巨大转变，使他独立为国效命而颠连至于今日。此诗开端两句以荆山美玉赞卢谌，接着连用六个典故表明自己的功业之念。诸如太公望（姜尚）辅佐文王、邓禹投奔刘秀、陈平出奇计解刘邦白登之围、张良在鸿门宴事先为汉王谋划、五贤为重耳（晋文公）重用得成霸业、小白（齐桓公）不计前嫌任管仲为相等等，欣羡姜尚数子的风云际会而借以自期，亦有与卢谌同建功业之意。接着说到自己老大无成而时不我遇，顿生英雄迟暮之悲。结末"何意百炼刚，化为绕指柔"两句，自叹又是自诧：没想到我原是坚硬如钢，而如今却沦为柔弱的阶下囚，为之奈何！

刘琨的禀赋才气及其特有的遭际，决定了其诗作长于叙写丧乱与清刚挺拔的艺术风格。刘勰谓其"雄壮而多风"（《文心雕龙·才略》）。其诗大抵与王粲"发愀怆之词"相近而又悲壮激越。刘熙载比较辨析说："刘公幹、左太冲诗壮而不悲，王仲宣、潘安仁悲而不壮，兼悲壮者，其惟刘越石乎！"（《艺概·诗概》）或如元好问所说刘琨直逼建安曹氏风骨："曹刘坐啸虎生风，四海无人角两雄。可惜并州刘越石，不教横槊建安中。"（《论诗绝句》）

卢谌多与刘琨赠答之诗，其《答刘琨诗》中"百炼或致屈，绕指所以申"，系回应琨作。此外《览古诗》咏蔺相如事，亦多流离兴亡之感。但其总体才情终逊刘琨一筹。

晋弘农太守郭璞①

宪章潘岳②，文体相辉③，彪炳可玩④。始变永嘉平淡之体，故称中兴第一⑤。《翰林》以为诗首⑥。但《游仙》之作，辞多慷慨，乖远玄宗⑦。而云："奈何虎豹姿"⑧，又云："戢翼栖榛梗⑨。"乃是坎壈咏怀，非列仙之趣也⑩。

【注释】

①郭璞（276—324）：字景纯，河东闻喜（今属山西）人。东晋时，历官著作佐郎、尚书郎等。后为王敦记室参军。追赠弘农太守。有《郭弘农集》。

②宪章：效法。

③文体相辉：意谓郭璞诗歌风貌与潘岳诗互相辉映。梁萧绎《与萧挹书》："惟昆与季，文藻相晖。"

④彪炳可玩：意谓文采焕发，可供玩赏。

⑤始变永嘉平淡之体，故称中兴第一：意谓郭璞诗开始改变玄言诗风，所以称为东晋中兴时第一诗人。中兴，晋元帝司马睿建立东晋王朝，史称"中兴"。

⑥《翰林》以为诗首：意谓李充《翰林论》认为郭璞是诗人中第一。

⑦"但《游仙》之作"三句：意谓郭璞的《游仙诗》之作，文辞多慷慨激烈，与道家玄远之旨相去很远。兹录郭璞《游仙诗》其一、其三两首："京华游侠窟，山林隐遁栖。朱门何足荣，未若托蓬莱。临源挹清波，陵冈掇丹荑。

灵溪可潜盘，安事登云梯。漆园有傲吏，莱氏有逸妻。进则保龙见，退为触藩羝。高蹈风尘外，长揖谢夷齐。""翡翠戏兰苕，容色更相鲜。绿萝结高林，蒙笼盖一山。中有冥寂士，静啸抚清弦。放情凌霄外，嚼蕊挹飞泉。赤松临上游，驾鸿乘紫烟。左挹浮丘袖，右拍洪崖肩。借问蜉蝣辈，宁知龟鹤年？"

⑧奈何虎豹姿：当是郭璞《游仙诗》佚句。全诗不存。

⑨戢翼栖榛梗：当是郭璞《游仙诗》佚句。全诗不存。

⑩乃是坎壈（lǎn）咏怀，非列仙之趣也：意谓这只是因困顿失意的咏怀诗，并不是游仙的意趣。坎壈，困顿失志。

【评析】

钟嵘从文采着眼说郭璞效法潘岳，以为"文体相辉，彪炳可玩"，这与两人的创作实际是相符的。对郭璞诗风独标一体，即在永嘉尚理乏味的玄淡诗风中，而"郭景纯用隽上之才，变创其体"（《诗品序》）的认定，颇具洞见；而对郭璞《游仙诗》"辞多慷慨，乖远玄宗""乃是坎壈咏怀，非列仙之趣"的评价亦十分精到。

诗以游仙为题材由来已久，可追溯到先秦时期；而以"游仙"名篇则始于曹植。清人朱乾《乐府正义》卷十二说："游仙诸诗嫌九州之局促，思侥道于天衢，大抵骚人才士不得志于时，藉此以写胸中之牢落，故君子有取焉。若始皇使博士为《仙真人诗》，游行天下，令乐人歌之，乃其惑也，后人尤而效之，惑之惑也。诗虽工，何取哉？"朱乾将游仙诗区分为两类，认为第一类是骚人才士借游仙诗以抒牢落之情，源于屈原《远游》，而"悲时俗之迫厄兮，将轻举而远游"，是其主旨；第二类始于秦始皇时的《仙真人诗》，大抵以求仙访药、追慕长生为内容。前一类即相当于钟嵘所说"乃是坎壈咏怀"之属，后一类则纯乎表现"列仙之趣"。

郭璞《游仙诗》十首多是"辞多慷慨"的"坎壈咏怀"之作。何焯《义门读书记》卷四十六云："景纯之《游仙》即屈子之《远游》也。章句之士何足以知之。"其一"京华游侠窟"一首，赞美山林隐逸而否定朱门荣华，表现了不与现实污浊合流的高洁志趣。诗以对比开篇，而向往出世的自由自在。"临源"四句，极写隐者生活的美好。临流饮清波之水，登山食赤芝之草，或盘桓于灵溪之畔，乐何如之；又何必青云直上俗世攀援呢。接着以庄周、老莱子的逃世栖隐，昭示绝不为世所困的人生真谛。结末"高蹈风尘外，长揖谢夷齐"两句，是说即使伯夷、叔齐亦未免俗累徒然饿死，我则完全高蹈于尘世之外而不与之为伍了。诗以游仙为其表，以隐逸为其里，而厌倦世俗官场之情隐然其中。

《游仙诗》其三之"翡翠戏兰苕"一首，文采境界堪称绝美。前四句写山中之景。翡翠鸟穿飞于兰苕之间，珍禽与芳草交相辉映。绿萝布满林间，整座山都罩上一层朦胧暗碧的颜色。接着四句写山中之人，实是隐指诗人自身。山中有位超脱的隐士，从容舒啸幽弦轻抚，饥餐琼蕊，渴饮飞泉，放情云霄之外。再接着四句引出列仙。赤松、浮丘、洪崖三位仙人，或驾鸿凌紫烟，或相互挹袖、拍肩嬉戏，一片自由烂漫飘渺的景象。结末二句说人间营营之辈如蜉蝣，焉能知龟鹤千年之寿。

郭璞身经永嘉南渡的大变局，看惯了晋室豪族争斗的乱象，忧心时事而块垒在胸，藉游仙以寄意，所以从总体而言，其游仙之作大多已近于阮籍《咏怀诗》，而远绍楚骚，具有了新的特点。观其"奈何虎豹姿""戢翼栖榛梗"等佚句，前者或喻王敦等军阀，后者或喻一己之处境（徐公持《魏晋文学史》），自然已非"列仙之趣"。而其鲜明生动的意象和彪炳的文采亦异于纯然淡乎寡味的玄言之作。钟嵘对此加以辨识和认定，许为"中兴第一"，持肯定态度，不为无因。至于后人多责钟氏讥贬郭璞，恐怕是一种误读。

晋吏部郎袁宏①

彦伯《咏史》②，虽文体未遒③，而鲜明紧健④，去凡俗远矣。

【注释】

①袁宏（328—376）：字彦伯，小字虎，陈郡（今属河南）人。曾为桓温记室、吏部郎，出为东阳太守。今存诗六首。

②彦伯《咏史》：袁宏《咏史诗》共二首。其一："周昌梗概臣，辞达不为讷。汲黯社稷器，栋梁表天骨。陆贾厌解纷，时与酒梼杌。婉转将相门，一言和平勃。趋舍各有之，俱令道不没。"其二："无名困蝼蚁，有名世所疑。中庸难为体，狂狷不及时。杨恽非忌贵，知及有余辞。躬耕南山下，芜秽不遑治。赵瑟奏哀音，秦声歌新诗。吐音非凡唱，负此欲何之。"

③文体未遒：意谓诗风还未尽精警老成。

④鲜明紧健：明确健实。

【评析】

围绕袁宏《咏史诗》二首，还有一段传奇佳话。

东晋穆帝永和年间，安西将军谢尚镇守牛渚（今安徽当涂）。

一个月白风清的秋夜，他携随从微服泛于江上，忽然从远处的一条船中传来咏诗声，抑扬清越，甚有情致，辞文藻拔。他不觉被吸引住，兀自赞叹不已。遣人问之，原来是在江上以运租为生的青年袁宏朗吟自己的咏史新作。谢尚将袁请到自己的船中，谈论达旦。自此袁宏名声大振，并被引为参军。此事见于《世说新语·文学》及注引《续晋阳秋》与《晋书·文苑》等书记载。

在差不多同样的一个秋江月白之夜，李白漫游期间来到谢尚闻袁宏咏史处，挥笔写下了《夜泊牛渚怀古》一诗：

牛渚西江夜，青天无片云。登舟望秋月，空忆谢将军。余亦能高咏，

斯人不可闻。明朝挂帆去，枫叶落纷纷。

李白欣羡斯人斯事，而空忆惘惘，实是别有怀抱。

《咏史诗》其一涉及西汉三位名臣的事迹：周昌刚直敢言而口吃，刘邦欲废太子，他结结巴巴地说："臣口不能言，然臣期期知其不可。陛下虽欲废太子，臣期期不奉诏。"汲黯内行修洁，面折廷争，武帝以为"古有社稷之臣，至如黯，近之矣。"陆贾在诸吕擅权危及惠帝时韬光养晦，一面说服丞相陈平、大将周勃联手诛除诸吕。这三人都是颇具才干的忠直之臣。他们具体行事方式不同，而均为守道之士，令人景仰。诗人用两句或四句隐括某段史事，有形容有议论，且用语精到讲究。如以"辞达不为讷"的议论说周昌口吃而忠梗，符合其为人特点而十分精警。"婉转将相门"一句说陆贾奔走陈、周之间，用"婉转"形容就颇为传神。从诗之整体而言，先史事而后以"趋舍各有之，俱

令道不没"两句收结，振起全篇而又劲健有力。谭元春评此诗云："好眼好识，看断今古。"(《古诗归》卷八)

　　第二首专咏西汉宣帝时杨恽一人情事。杨恽为司马迁外孙，恃才傲物，廉洁无私。因揭发霍禹作乱有功，封平通侯。后遭人构陷，免为庶人。家居治产业，起宅第，以财自娱，交通宾客。朋友孙会宗修书劝他，说大臣废退，应闭门惶惧作可怜之状为好。他作《报孙会宗书》以答，内涉怨望；以他曩被人告发，加之此文亦惹怒宣帝，以大逆不道罪被腰斩。这首诗的前四句说处世之难：没有名声会像蝼蚁一样无足轻重困顿一生，有了名声又为世所嫉恨。保持中行既难实行，做个进取的狂人或有所不为的狷者亦不合时宜。这真是天道多歧人生实难呀！接着说杨恽的不幸遭际。《汉书》本传说他"性刻害，好发人阴伏，同位有忤己者，必欲害之，以其能高人"，并因此招祸。他既然不能彻底做个隐士，便有了"内怀不服"的《报孙会宗书》的牢骚怨愤：

　　　　至之得罪，已三年矣。田家作苦，岁时伏腊，亨羊炰羔，斗酒自劳。家本秦也，能为秦声。妇赵女也，雅善鼓瑟。奴婢歌者数人，酒后耳热，仰天拊缶而呼乌乌。其诗曰："田彼南山，芜秽不治。种一顷豆，落而为萁。人生行乐耳，须富贵何时！"是日也，拂衣而喜，奋袖低昂，顿足起舞，诚淫荒无度，不知其不可也。

　　袁宏诗中"躬耕南山下"四句，即隐括了上面杨恽答书中的内容。在放旷的背后，是傲岸不屈的固执性情。诗以"吐音非凡响，负此欲何之"两句收束，回应开篇的议论，在钦仰其人的同时亦借此自抒其负才处世而不知前路如何的茫然意绪。

王夫之《古诗评选》卷四对两诗都作了评论，认为前者"犹未免以论断争雄"，而后者"先布意深，后序事蕴藉。《咏史》高唱，无如此矣"。其实二诗都有"论断"，而词采鲜明、托意高远且殊具骨力。总体来说，其诗风与左思为近。

晋处士郭泰机　晋常侍顾恺之　宋谢世基
宋参军顾迈　宋参军戴凯①

泰机"寒女"之制②，孤怨宜恨。长康能以二韵答四首之美③。世基"横海"④，顾迈"鸿飞"⑤。戴凯人实贫羸，而才章富健⑥。观此五子，文虽不多，气调警拔⑦。吾许其进，则鲍照、江淹，未足逮止⑧。越居中品，余曰宜哉⑨。

【注释】

①郭泰机（生卒年不详）：河南郡（今属河南）人。出身寒素，终生未仕。今存诗一首。顾恺之（生卒年不详）：字长康，小字虎头。晋陵无锡（今江苏无锡）人。我国古代杰出画家之一。先后为桓温、殷仲堪参军。晋安帝（司马德宗）义熙初，为散骑常侍。今存诗一首，断句三则。谢世基（？—426）：陈郡阳夏（今河南太康）人。谢晦兄子。宋文帝时，坐谢晦事，同时被杀。今存诗一首。顾迈（生卒年不详）：曾为宋征北行参军。诗今不存。戴凯：生平不详。诗今不存。

②泰机"寒女"之制：指郭泰机《答傅咸》诗："皦皦白素丝，织为寒女衣。寒女虽妙巧，不得秉杼机。天寒知运速，况复雁南飞。衣工秉刀尺，弃我忽若遗。人不取诸身，世事焉所希。况复已朝餐，曷由知我饥。"

③长秉能以二韵答四首之美：当指顾恺之《神情诗》："春水满四泽，夏云多奇峰。秋月扬明辉，冬岭秀孤松"一首。按，四首，当为"四时"。

④世基"横海"：指谢世基连句诗。《宋书·谢晦传》："（谢世基）临死为连句诗曰：'伟哉横海鳞，壮矣垂天翼。一旦失风水，翻为蝼蚁食。'"

⑤顾迈"鸿飞"：当指顾迈佚句。诗今不存。

⑥才章富健：才气充沛，诗章劲健。

⑦"观此五子"三句：意谓五人诗虽不多，气调警拔却是他们共同的风格特点。

⑧吾许其进，则鲍照、江淹未足逮止：意谓如果允许他们再进一步，则赶上鲍照、江淹都是可能的。逮，及。止，句末助词，无实义。

⑨越居中品，佥（qiān）曰宜哉：意谓提升他们到中品，都说是合适的。佥，皆，都。

【评析】

郭泰机、顾恺之、谢世基、

顾迈、戴凯五人，因其诗皆"气调警拔"，故同居一品。

郭泰机出身寒素而希冀傅咸援引却未果，于是作《答傅咸》诗一首抒怨。前四句以寒女喻己贫贱，以素丝质地之好与巧手喻才德出众，虽然如此却不得织衣即为世所用。接着两句，写天寒雁飞，意谓岁月催人年光易老，而为之奈何。"衣工"四句复以裁衣为喻，不过转到傅咸。以衣工执刀尺喻其已掌握政事，却将我遗弃不顾。于是感叹傅咸不能由己度人，所以希望渺茫。结尾两句转而以饮食为喻，责傅咸如已吃过早餐而不知我饥，是处显贵而弃寒贱。全诗多用比喻，极为恰切地表现了自己的身份特点和渴求仕进的激切心理，所谓"望援之情写意刻至"，且"佳处在每句一转"（陈祚明《采菽堂古诗选》卷十二），故钟嵘许为"孤怨宜恨"。

东晋后期的顾恺之兼画家、辞赋家、诗人于一身，博学有才气。于画艺，谢安评为："顾长康画，有苍生来所无！"（《世说新语·巧艺》），又有"画绝、文绝、痴绝"之称。有才而痴复至于绝顶，所以他对自然山川和文学艺术殊具深情与妙赏。经行会稽，人问山川之美，他回答："千岩竞秀，万壑争流；草木蒙笼其上，若云兴霞蔚。"（《世说新语·言语》）王世懋对此评道："便是虎头画思。"至于他画人物成，或数年不点睛，其理由是"四体妍媸，本无关于妙处；传神写照，正在阿堵中。"（《世说新语·巧艺》）深得传神的艺术妙谛而为人称赏。他对诗情画理的体悟亦妙造精微，尝道："画'手挥五弦'易，'目送归鸿'难。"（同上引）他哭桓温，可谓痴绝。临桓温墓，作诗说："山崩溟海竭，鱼鸟将何依！"人问其哭之情形，他说："鼻如广莫长风，眼如悬河决溜。"或说："声如震雷破山，泪如倾河注海。"（《世说新语·言语》）恺之曾为桓温参军而不问其为人好坏，感激伤恸，一至于此。余嘉锡说："恺之痴人，无足深责尔。"（《世说新语笺疏》）恺之亦以诗自负，据载他为散骑常侍，"与谢瞻连省，夜于月下长咏，自云得先贤风制。"（《世说新语·文学》注引《续晋阳秋》）其《神情诗》绘写春、夏、秋、冬四时之景，颇得顾氏传神画笔之妙。写春而突出水之漫漫，写夏而突出云之奇诡，写秋而突出月之明洁，写冬而突出岭孤松秀，传神写照而由形入神，并得画意诗情之美。

宋文帝刘义隆元嘉三年（426），谢晦举兵叛宋失败被执，世基为其佐而同时牵连被杀。临刑前两人作连句诗，世基以"伟哉横海鳞"起首，共四句。全诗运用比兴手法，以鲲鹏击水横空出世喻其起兵壮举与非凡志向；而一旦失利，则竟被蝼蚁所吞食而困顿至此。诗之气势奇崛劲健，实为生命绝唱。胡应麟《诗薮·外编》卷二谓此诗"虽一时口占，千载生气"。据载，谢晦续诗为："功遂侔昔人，保退无智力。既涉太行险，斯路信难陟。"与世基相比，不免议论过多而殊乏诗味。

顾迈、戴凯诗今俱不存，难知其详。钟嵘将之列入中品，与前三人并论，足见两人亦是工于诗歌创作的。

宋征士陶潜[①]

其源出于应璩，又协左思风力。文体省净[②]，殆无长语[③]。笃意真古，辞兴婉惬[④]。每观其文，想其人德，世叹其质直[⑤]。至如"欢言酌春酒"[⑥]，"日暮天无云"[⑦]，风华清靡[⑧]，岂直

田家语耶⑨！古今隐逸诗人之宗也。

【注释】

①陶潜（365—427）：字渊明。一说名渊明，字元亮。浔阳柴桑（今江西九江）人。曾为彭泽令，在官八十余日，即弃官归田，从此未再出仕。卒后友人私谥靖节征士，世称靖节先生。有《陶渊明集》。

②省净：简省洁净。

③长（zhàng）语：多余的话。

④笃意真古，辞兴婉惬：意谓用意笃实而真淳古朴，文辞意兴婉转惬当。兴，意兴。

⑤叹：怅叹。

⑥欢言酌春酒：出于陶潜《读山海经十三首》之第一首："孟夏春草长，绕屋树扶疏。众鸟欣有托，吾亦爱吾庐。既耕亦已种，时还读我书。穷巷隔深辙，颇回故人车。欢言酌春酒，摘我园中蔬。微雨从东来，好风与之俱。泛览周王传，流观山海图。俯仰终宇宙，不乐复何如？"

⑦日暮天无云：出于陶潜《拟古九首》之第七首："日暮天无云，春风扇

微和。佳人美清夜，达曙酣且歌。歌竟长叹息，持此感人多。皎皎云间月，灼灼叶中华。岂无一时好，不久当如何！"

⑧风华清靡：风韵清新美好。

⑨田家语：农家日常用语，指其文采不足。

【评析】

陶渊明之被发现与如何伟大，实在是一桩纠缠不清的历史公案。这当然取决于不同时代的人们对其认识与解读上。朱自清认为，"'真'和'淳'都是道家的观念，而渊明却将'复真'、'还淳'的使命加在孔子身上，此所谓孔子学说的道家化，正是当时的趋势"（《陶诗的深度》）。朱光潜注意到陶的"静穆"："屈原阮籍李白杜甫都不免有些像金刚怒目，愤愤不平的样子，陶潜浑身是'静穆'，所以他伟大。"（《说'曲终人不见，江上数峰青'》）鲁迅批评了朱光潜的这一说法，认为陶除了"悠然见南山"之外，还有"精卫衔微木，将以填沧海。刑天舞干戚，猛志固常在"一类的"金刚怒目"式的诗句（《题未定草·六》）。而历来的伟大的作者，没有一个"浑身是'静穆'的"，所以他伟大（《题未定草·七》）。其实古人即有类似这些不同看法；但无论如何，还是朱自清先生说得好："田园诗才是渊明的独创；他到底还是'隐逸诗人之宗'，钟嵘的评语没有错。"（《陶诗的深度》）

《读山海经十三首》是诗人的代表作。第一首写隐居耕读之暇，饮酒读书之乐。初夏时节，房屋周遭树木四布。众鸟欣欣然有了依托，我也爱我的屋舍。从自然环境之美，写到鸟，再写到自己，物我情融，"隐然有万物各得其所之妙"（刘履《选诗补注》卷五）。接着写耕作既毕，时时以读书遣怀。草庐穷巷，无人事喧杂。此时饮酒自娱，园蔬新摘；微雨东来，和风吹拂。泛览《穆天子传》《山海经图》，且读书、且酌酒，俯仰之间好似遍游宇宙，乐何如之。这首诗的情趣与境界与其萧散旷达的为人颇为一致。其《与子俨等疏》中说：

> 少学琴书，偶爱闲静，开卷有得，便欣然忘食。见树木交荫，时鸟变声，亦复欢然有喜。尝言五六月中，北窗下卧，遇凉风暂至，自谓是羲皇上人。

全然是诗化人生，一切都有诗味诗趣。渊明饮酒读书之乐自有一种平凡而高远的境界，揽入诗中，便触处生春。温汝能《陶诗汇评》卷四云："此篇是渊明偶有所得，自然流出，所谓不见斧凿痕也。大约诗之妙以自然为造极。陶诗率近自然，而此首更令人不可思议，神妙极矣。"

《拟古九首》是模拟古诗之作，虽未标明所拟何诗，但"渊明《拟古》，是用古人格作自家诗"（方东树《昭昧詹言》卷一）。其第七首写清夜听歌引发的人生感慨。一个晴好温煦的春夜，朱颜皓齿，美酒清歌，欢饮达旦。而人生大抵如云间之月、叶中之花吧，虽有一时光华，又怎能持久？这里所包含的良景难持人生短暂之叹，沿袭了古诗主题，而日暮春风的描写和皎月灼花的比兴，造成了清华美好的境界。

钟嵘的意思是，陶诗除"风华清靡"外，还包括"质直""风力"两种类型。而以"质直"类最多的陶诗，最为他那个时代所误解，后人亦多责钟嵘未列陶诗于上品。对此，王叔岷说："陶诗应列上品，固无疑义。惟齐、梁时代之文学界及文学批评界，偏重辞彩之美。陶诗之特点，乃意境之美。辞彩之美，易受赏识。意境之美，难于领会。"并说与钟氏同时代的刘勰《文心雕龙·明诗》无一语涉及陶公，"反观钟氏诗品，能列陶诗于中品，就齐、梁时代而言，已具特识矣"（《论钟嵘评陶渊明诗》）。另外，钟嵘关于陶诗与其人格关系的揭示，亦对后人于陶诗认识的深化具有启示意义。而"文体省净"的概括，更是一种颇具深度的总体把握。

宋光禄大夫颜延之①

其源出于陆机。故尚巧似。体裁绮密，情喻渊深②。动无虚散，一字一句，皆致意焉③。又喜用古事④，弥见拘束。虽乖秀逸，故是经纶文雅⑤。才减若人⑥，则蹈于困踬矣⑦。汤惠休曰："谢诗如芙蓉出水，颜诗如错采镂金。"⑧颜终身病之⑨。

【注释】

①颜延之（384—456）：字延年，琅玡临

沂（今属山东）人。官至金紫光禄大夫。诗与谢灵运齐名，有"颜谢"之称。卒谥宪子。有《颜光禄集》。

②体裁绮密，情喻渊深：指诗风绮丽而致密，思想感情寄托深远。体裁，指诗之体格风貌。情喻，情意。

③"动无虚散"三句：指动笔从无虚空散漫，一字一句，都用心为之。致意，用心。

④喜用古事：喜欢用典。张戒《岁寒堂诗话》卷上："诗以用事为博，始于颜光禄。"

⑤虽乖秀逸，故是经纶文雅：意谓虽违反清秀飘逸之美，但确实雍容典雅。故，同"固"，确实。经纶，原指治丝。这里喻颜诗的典雅。

⑥若人：此人。这里指颜延之。

⑦蹈于困踬（zhì）：指陷于困顿之境。困踬，指窘迫困顿。

⑧"汤惠休曰"三句：《南史·颜延之传》："延之尝问鲍照己与灵运优劣。照曰：'谢五言如初发芙蓉，自然可爱；君诗若铺锦列绣，亦雕缋满眼。'"惠休之说，与此相同。

⑨病之：意谓以此论为不快。

【评析】

颜延之与谢灵运两人并称"颜谢"，都是刘宋前期文坛极有声望的诗人。汤惠休"颜诗如错采镂金"的评语，与鲍照说延之"诗若铺锦列绣，亦雕缋满眼"意同。这大抵代表了当时相当一部分人的看法。不过钟嵘以"尚巧似"为核心，更为具体分析了颜诗的特点和优劣，大体切合其创作实际。

在"尚巧似"这一点上，颜延之与谢灵运亦有共同之处。但一"自然可爱"，一"雕缋满眼"，则是其最大分别。这表现在谢诗虽亦经营雕琢，但描摹山水景物能逼近真实而获致细致鲜活的美感效果；而颜延之现存诗作没有完整意义上的山水诗，而多庙堂应制与赠答之作，其特点是用意过于精深细密，又喜隶事用典，体尽俳偶，未免学胜于才而典重拙涩。钟嵘指其"虽乖秀逸，故是经纶文雅"，即是说颜乏谢的秀逸之气而实具雍容典雅之风。其《赠王太常》诗，以"玉水记方流，璇源载圆折"起首，一路写来，多用典实，何焯以为"拉杂而至，亦复何趣"（《义门读书记》卷四十六）。但其中如"庭昏见野阴，山明望松雪"二句，妙在"近野先晦，远峰忽明；二句连看，咏雪独绝"（同上引），情景毕现而清俊流丽。此外如"春江壮风涛，兰野茂荑英"（《侍游蒜山作》）、"流云霭青阙，皓月鉴丹宫"（《直东宫答郑尚书道子》）等，均堪称佳句。

在繁密深重、华美典雅的主体风格之外，颜延之的诗歌创作亦有变化而出现一些被人称道的佳作，如《北使洛》《还至梁城作》《五君咏》和《秋胡行》等。陈祚明《采菽堂古诗选》卷十六对此有一个解释：

> 颜光禄诗如金张史大家命妇，本亦有韶令之姿，而命服在躬，华珰饰首，约束矜庄，掩其容态。暂复卸装，亦能微露姣妍。

即使贵如大家命妇（旧时受有封号的妇女），珠光宝气端庄矜肃，亦有一时平居脱掉装束，显现本来一段美好明艳的时候。颜延之的一些名篇，大抵就是这样产生的。如《北使洛》诗：

> 改服饬徒旅，首路跼险艰。振楫发吴洲，秣马陵楚山。途出梁宋郊，道

由周郑间。前登阳城路，日夕望三川。在昔輟期运，经始阘圣贤。伊洛绝津济，台馆无尺椽。宫阶多巢穴，城阙生云烟。王猷升八表，嗟行方暮年。阴风振凉野，飞云瞽穷天。临途未及引，置酒惨无言。隐悯徒御悲，威迟良马烦。游役去芳时，归来屡徂愆。蓬心既已矣，飞薄殊亦然。

义熙十二年（416）刘裕北伐，颜延之受命北上庆贺，不久又奉刘裕之命至洛阳，作了这首《北使洛》诗。此诗写行役之悲与所见北方残破之状，情景宛然，感慨深沉。前八句，写受命踏上艰难道途，一路赴洛水陆经行，艰苦备尝。中六句，写入洛时的所见所感。北地一直处于乱世，而乏明主贤臣，致使洛阳一带凋敝不堪。所见津济断绝，台馆毁坏，城阙荒芜，满是萧条冷落景象。后十二句，又回到刘宋北伐，抒写岁暮行役之悲。虽然刘宋王业日隆，恩泽八方之外，而我正值冬时奉命苦寒之地，不堪之状难以言表。北风振野，天暗途穷；临路忧叹，车怠马烦。此有违我的心志，不觉伤怀。这首诗将黍离之感与行役之悲打成一片，格调沉郁苍凉。张玉穀《古诗赏析》卷十五说"颜诗此种，尚不致过于雕琢，有伤自然"。《还至梁城作》是自洛返梁城后所作，内容格调与《北使洛》相近。其中"故国多乔木，空城凝寒云"两句，述中原萧条，情景俨然。

颜延之个性耿直褊急，好酒疏诞，乃至直言骂座，为权贵所忌，而有"颜彪"之称。《五君咏》即其被贬永嘉太守时的怨愤不平之作。他咏竹林七贤中的阮籍、嵇康、刘伶、阮咸、向秀五人，中多自况语；而显贵若山涛、王戎二人不预其列，可见他的取向所在。《阮步兵》篇末"物故不可论，途穷能无恸"，《嵇中散》篇末"鸾翮有时铩，龙性谁能驯"，均凄婉壮烈，寄意显然。《秋胡行》为叙写秋胡与其妻情事，是由九章而构成的长篇。"章法绵密，布置稳贴，风调亦颇流丽，不类延之恒调。虽不逮古乐府，颇有魏人遗风。"（陈祚明《采菽堂古诗选》卷十六）

宋豫章太守谢瞻 宋仆射谢混 宋太尉袁淑
宋征君王微 宋征虏将军王僧达①

其源出于张华。才力苦弱，故务其清浅，殊得风流媚趣②。课其实录③，则豫章、仆射，宜分庭抗礼④。征君、太尉，可托乘后车⑤。征虏卓卓，殆欲度骅骝前⑥。

【注释】

①谢瞻（383？—421）：字宣远。一名檐，字通远。陈郡阳夏（今河南太

康）人。为谢灵运族兄。宋时官豫章太守。今存诗六首。谢混（381？—412）：字叔源，小字益寿。陈郡阳夏（今河南太康）人。谢安孙，谢灵运族叔。仕至尚书左仆射。被刘裕所杀。今存诗五首。袁淑（408—453）：字阳源，陈郡阳夏（今河南太康）人。仕至左尉率府。为刘劭所杀。追赠侍中、太尉，谥忠宪。今存诗七首。王微（415—453）：字景玄，琅玡临沂（今山东临沂）人。素无宦情。父卒后屡征不就。今存诗五首。王僧达（423—458）：琅玡临沂（今山东临沂）人。官至征虏将军。以门第自高，与庶族刘宋王朝有隙，被陷谋反，赐死。今存诗六首。

②"才力苦弱"三句：意谓五人才力苦于短弱，所以致力学习张华的清浅，颇能得其风流妩媚的意趣。才力，指作诗的才华、能力。

③课其实录：意谓考察五人的实际创作情况。课，考察。实录，实际记载。这里指实情。

④分庭抗礼：原指以平等之礼相见，这里喻指谢瞻、谢混二人诗不相上下。

⑤托乘后车：喻指袁淑、王微诗成就在谢瞻、谢混之下。后车，副车、随从之车。

⑥征虏卓卓，殆欲度骅骝前：意谓王僧达成就突出，差不多要超过他们了。或谓王僧达欲度于王微之前。骅骝，骏马。

【评析】

钟嵘认为谢瞻等五人才力短弱而诗风相近，故同列一品；从实际考量，五人诗歌艺术成就实有高下之分。

在谢氏家族谱系中，瞻为谢灵运族兄，混为谢灵运族叔。《宋书》本传载：

"瞻善于文章，辞采之美，与族叔混、族弟灵运相抗。"曾作《喜霁诗》，由灵运书写，谢混吟咏，时称"三绝"。刘裕于项羽戏马台命群僚赋诗，以述其美，谢瞻《九日从宋公戏马台集送孔令诗》为诸作之冠。其中"巢幕无留燕，遵渚有来鸿。轻霞冠秋日，迅商薄清穹""四筵沾芳醴，中堂起丝桐"等句，尤为后人称赏。其《答灵运》诗前半：

> 夕霁风气凉，闲房有余清。开轩灭华烛，月露皓已盈。独夜无物役，寝者亦云宁。

谢灵运先寄《愁霖诗》于谢瞻，故有此答诗。这几句是写己之闲居景况和心境。晚来天气晴好，秋凉浸人，居室清净。打开窗户，吹熄灯烛，皎洁的月色盈满内外。此时全无俗事牵累，可以安宁就寝。陆时雍《古诗镜》卷十二评前四句："清映绝伦。体物之佳，能使景色现前，身当其趣。"

谢混曾是一时政界和文坛上的重要人物，他与谢家子弟的关系亦非同一般。《南史·谢弘微传》载：

"混风格高峻，少所交纳，唯与族子灵运、瞻、晦、曜、弘微以文义赏会，常共宴处，居在乌衣巷，故谓之乌衣之游。混诗所言'昔为乌衣游，戚戚皆亲姓'者也。"在改变玄言诗风和山水诗创作方面应有一定贡献。《宋书·谢灵运传论》说："仲文始革孙、许之风，叔源大变太元之气。"《南齐书·文学传论》亦言："江左风味，盛道家之言，郭璞举其灵变，许询极其名理。仲文玄气，犹不尽除；谢混情新，得名未盛。"在其现存完整的四首诗中，《游西池》最好：

> 悟彼蟋蟀唱，信此劳者歌。有来岂不疾，良游常蹉跎。逍遥越城肆，愿言屡经过。回阡被陵阙，高台眺飞霞。惠风荡繁囿，白云屯曾阿。景昃鸣禽集，水木湛清华。褰裳顺兰沚，徙倚引芳柯。美人愆岁月，迟暮独如何。无为牵所思，南荣戒其多。

此诗写其游西池而怀友之情。前四句是说有感于《唐风·蟋蟀》《小雅·伐木》二诗，觉岁月匆匆人生苦短，当及时行乐。中间十句即写自己游赏之乐。后四句说到友人，想象他日晚不来，独伤迟暮，惜其不得与己同游。全诗写景清丽，尤以"景昃鸣禽集，水木湛清华"两句最为人所称。

王微、袁淑诗各具特色。陈延杰《诗品注》说："景玄《思妇》之唱，清怨有味；阳源《白马篇》，大有建安风骨。"其实袁淑亦有如《效古》之类的倦游多悲之作。所谓"《思妇》之唱"，是指王微的《杂诗》其二：

> 思妇临高台，长想凭华轩。弄弦不成曲，哀歌送苦言。箕帚留江介，良人处雁门。讵忆无衣苦？但知狐白温。日暗牛羊下，野雀满空园。孟冬寒风起，东壁正中昏。朱火独照人，抱景自愁怨。谁知心曲乱？所思不

可论。

此诗抒写闺思而凄怨入情。首四句言临高凭栏的思妇弹琴寄意,转成相思之哀苦。接着四句写自己与丈夫相隔之远,一处江边,一在北塞。而责丈夫只知己之狐裘暖身,而忘却我的无衣处境,嗔怪中实寓自伤孤单之意。'日暗'四句以日暮牛羊归圈、野雀满园,反衬丈夫不归;况值天寒岁暮,情实难堪。最后四句写思妇孤灯独照,抱影无眠的愁苦。感叹此情此景又有谁能见,只有徒然自佐了。王夫之《古诗评选》卷五说:"寄托宛至,而清且有风度。'

袁淑工诗善文,为人纵横放诞。张溥说其"诗章虽寡,其摹古之篇,风气竟逼建安。此人不死,颜、谢未必能出其上也。"(《汉魏六朝百三家集·袁忠宪集题辞》)其《效曹子建白马篇》写"剑骑何翩翩,长安五陵间"之侠烈,固具建安之风,但《效古》一篇却非壮而悲。此诗开篇"译此倦游士,本家自辽东"与结尾"乃知古时人,所以悲转蓬",即已见出倦游多悲之情。中间写边情之苦,而"四面各千里,纵横起严风"二句,尤见悲情。

王僧达一方面有诸如《和琅玡王依古》诗,其中有"仲秋边风起,孤蓬卷霜根。白日无精景,黄沙千里昏"这些苍莽悲凉的诗句;另方面又有《答颜延年》中"聿来岁序暄,轻云出东岑。麦垄多秀色,杨园流好音"这样清新秀逸之句。而后者,大概就是钟嵘所指称的"清浅""媚趣"一类诗作。

宋法曹参军谢惠连①

小谢才思富捷②,恨其兰玉夙凋,故长辔未骋③。《秋

怀》《捣衣》之作④，虽复灵运锐思⑤，亦何以加焉⑥。又工为绮丽歌谣，风人第一⑦。《谢氏家录》云："康乐每对惠连，辄得佳语。后在永嘉西堂，思诗竟日不就。寤寐间忽见惠连，即成'池塘生春草'⑧。故常云：'此语有神助，非吾语也。'"

【注释】

①谢惠连（407—433）：陈郡阳夏（今河南太康）人。谢灵运族弟。亦称小谢。宋文帝时，为彭城王刘义康法曹参军。有《谢法曹集》。

②才思富捷：才华诗思，富盛敏捷。

③恨其兰玉凤凋，故长辔未骋：意谓遗憾其早亡，而才能因此未获施展。兰玉，即芝兰玉树，喻称佳子弟。《世说新语·言语》："谢太傅（安）问诸子侄：'子弟亦何预人事，而正欲使其佳？'诸人莫有言者。车骑（谢玄）答曰：

'譬如芝兰玉树，欲使其生于阶庭耳。'"夙，早。凋，凋谢。长骋，谓善于骑驾。

④《秋怀》《捣衣》之作：《秋怀》诗云："平生无志意，少小婴忧患。如何乘苦心，矧复值秋晏。皎皎天月明，奕奕河宿烂。萧瑟含风蝉，寥唳度云雁。寒商动清闺，孤灯暧幽幔。耿介繁虑积，展转长宵半。夷险难豫谋，倚伏昧前算。虽好相如达，不同长卿慢。颇悦郑生偃，无取白衣宦。未知古人心，且从性所玩。宾至可命觞，朋来当染翰。高台骤登践，清浅时陵乱。颓魄不再圆，倾羲无两旦。金石终销毁，丹青暂凋焕。各勉玄发欢，无贻白首叹。因歌遂成赋，聊用布亲串。"《捣衣》诗云："衡纪无淹度，晷运倏如摧。白露滋园菊，秋风落庭槐。肃肃莎鸡羽，烈烈寒螀啼。夕阴结空幕，宵月皓中闺。美人戒裳服，端饰相招携。簪玉出北房，鸣金步南阶。檐高砧响发，槛长杵声哀。微芳起两袖，轻汗染双题。纨素既已成，君子行未归。裁用笥中刀，缝为万里衣。盈箧自余手，幽缄俟君开。腰带准畴昔，不知今是非。"

⑤锐思：精思。这里指精心结撰。

⑥加：超越。

⑦风人：乐府民歌的一种体裁，多以男女爱情为题材。

⑧池塘生春草：谢灵运《登池上楼》诗句。

【评析】

谢惠连为谢灵运族弟。自幼聪敏，十岁能文。谢灵运初见惠连即大相知赏，两人从此建立了深厚的情谊。

《秋怀》《捣衣》是谢惠连最著名的诗作。钟嵘称"虽复灵运锐思，亦何以加焉"；萧统《文选》卷二十三、三十亦分别选录两诗。张溥谓惠连"诗则《秋怀》《捣衣》二篇居最。"(《汉魏六朝百三家集·谢法曹集题辞》)

《秋怀》因秋兴感而述其怀抱。起四句说少小志意难申、遭遇忧患，如今独处秋晚而心怀悲苦，实是感秋而言怀，包含着太多的无奈况味。"皎皎"六句，写秋夜之凄寂景况。室外星河在天，寒蝉凄切、秋空唳雁，飒杳寒声漫溢而来。室内灯孤帷暗，情何以堪。"耿介"四句转写苦心。愁思积聚在心，夜半犹辗转枕上，想世事夷险难料福祸相倚伏，非人力所能左右。接着"虽好"六句拉出汉代两位古人以言明趣尚：我虽然喜欢司马相如的明达却不学他的轻慢；亦喜欢郑仲虞偃仰不仕，却不愿如其接受白衣尚书的封禄。意思是无意傲世与热衷仕宦，而"且从性所玩"，即顺适自然性情。诗的后半说他与友朋饮酒挥毫，或登临游涉，及时行乐而不负此生。最后以作诗告友收束。这首诗情景理兼具，寄慨深沉，被人许为惠连压卷之作。何焯《义门读书记》卷四十六评云："一往清绮而不乏真味。"

惠连《捣衣》，据诗中所写内容看，或为"捣素""捣练"之类。《文选》刘良注："妇人捣帛裁衣将以寄远也。"前半从流光易逝写起，铺写秋色秋声。节序相催，秋天倏忽来临。但见秋露遍洒园菊，其白如霜；秋风一扫庭槐，叶落纷纷。蟋蟀振翅，其声肃肃；蝉鸣凄切，其声烈烈。闺中之夜秋意郁结，惟秋月偏照空闺之中，那么刺眼。后半写闺中美人牵念行人，一起出户相携，捣素裁衣，以寄远人。一方面写其捣素时砧杵声哀，额头染汗的情景，另方面又写了裁衣寄远的心理，细腻深婉。其中"微芳起两袖，轻汗染双题"两句，状美人相对用力运杵细汗渗出双额，丽色深情，宛如图画。结末"腰带准畴昔，不知今是非"两句，写美人依过去尺寸为远人裁制衣服不知合身与否，刻划思妇心理典型逼真一往情深。《古诗归》卷十一谭元春评："千古捣衣妙诗，不能出二语范围。"

谢灵运和惠连心期相赏，两人互有诗歌赠答，各具特色。钟嵘转记灵运"池塘生春草"名句是久思后梦中见惠连而得之，似有神助而妙语天然。或许这正透出二人才气相近，灵心相感相荡的一段情事，是理之必无而情之或有的诗坛佳话。元好问赞许这"万古千秋五字新"的谢家春色，竟是两人共同酿造的。但从总的创作实绩看来，小谢不如大谢。如果小谢不是年二十七就死去会如何呢？实在也不好说。千古文章未尽才，后人也只有如钟嵘"恨其兰玉凤凋，故长辔未骋"的叹惋了。

宋参军鲍照①

其源出于二张②。善制形状写物之词。得景阳之诙诡③，含茂先之靡嫚④。骨节强于谢混，驱迈疾于颜延⑤。总四家而擅美，跨两代而孤出⑥。嗟其才秀人微，故取湮当代⑦。然贵尚巧似，不避危仄⑧，颇伤清雅之调。故言险俗者⑨，多以附照。

【注释】

①鲍照（414？—466）：字明远，东海（今山东郯城北）人。一说上党

（今属山西）人。出身寒微。曾为临海王刘子顼前军参军。有《鲍参军集》。

②二张：指张协、张华。

③诇（chù）诡：奇异。

④靡嫚：华靡柔曼。

⑤骨节强于谢混，驱迈疾于颜延：意谓鲍照诗骨力强于谢混，节奏气势比颜延之快捷。骨节，骨力。

⑥总四家而擅美，跨两代而孤出：意谓鲍照综合了张协、张华、谢混、颜延之等四家之长而独擅其美，跨越晋宋两代而秀出于时。

⑦取湮当代：意谓埋没而不为当世所真正赏知。湮，埋没。

⑧危仄：指险僻怪异。

⑨险俗：与"危仄"相近。指操调险急，与典雅平和相反。《南齐书·文学传论》："次则发唱惊挺，操调险急，雕藻淫艳，倾炫心魂，亦犹五色之有红紫，八音之有郑卫，斯鲍照之遗烈也。"

【评析】

鲍照出身寒微而才健气雄。史载其尝谒见临川王刘义庆以谋求仕进，"未见知，欲贡诗言志，人止之曰：'卿位尚卑，不可轻忤大王。'鲍勃然曰：'千载上有英才异士沉没而不闻者，安可数哉！大丈夫岂可遂蕴智能，使兰艾不辨，终日碌碌与燕雀相随乎！'"（《南史·临川烈武王道规传附》）但其一生却沉沦下僚，备受压抑，志不获申。

《诗品序》说鲍照"戍边"，为"五言之警策"。其《代出自蓟北门行》即是这方面的名篇：

羽檄起边亭，烽火入咸阳。征骑屯广武，分兵救朔方。严秋筋竿劲，虏阵精且强。天子按剑怒，使者遥相望。雁行缘石径，鱼贯度飞梁。箫鼓流汉思，旌甲被胡霜。疾风冲塞起，沙砾自飘扬。马毛缩如猬，角弓不可张。时危见臣节，世乱识忠良。投躯报明主，身死为国殇。

此题一作《出自蓟北门行》。郭茂倩《乐府诗集·杂曲歌辞》题解云："魏曹植《艳歌行》曰：'出自蓟门北，遥望胡地桑。枝枝自相值，叶叶自相当。'《乐府解题》曰：'《出自蓟北门行》，其致与《从军行》同，而兼言燕蓟风物，及突骑勇悍之状。若鲍照云羽檄起边亭，备叙征战苦辛之意。'"黄节补注云："朱柜堂《乐府正义》曰：古称燕赵多佳人。《出自蓟北门》，本曹植《艳歌》，与从军无涉。自鲍照借言燕蓟风物，及征战辛苦，竟不知此题为艳歌矣。盖乐府有转有借。转者，就旧题而转出新意。借者，借前题而裁以己意。拟古者须识此二义，然后可以参变，未可泥《解题》之说，而忘却艳歌本旨也。"（《鲍参军诗注》卷一）可见，鲍照此诗是借旧题而自出己意之作。

　　这首诗写从军边塞的豪情壮慨。前八句说边疆烽烟报警，胡强主怒，发兵迎击劲敌。中八句，状行军劳苦，极写朔方早寒，渲染了战事的惨烈。后四句，写效命沙场、马革裹尸的忠良报国之心。全诗豪迈俊健，悲壮淋漓。方伯海谓此诗："写出一时声息之紧，应敌之猝，临行之速，征途之苦，许国之勇，短幅中气势奕奕生动，真神工也。"（于光华《重订文选集评》卷七引）这大抵显示了鲍诗风格险急奇俊的特点。而"生动""神工"云云，即如"疾风冲塞起，沙砾自飘扬。马毛缩如猬，角弓不可张"等，在夸饰奇诡中亦见状写巧似的艺术功力。此外，鲍照的《代陈思王白马篇》《代东武吟》等代拟之作，将边塞主题与寒士不遇结合起来，感慨遂深而个性独出。许学夷《诗源辩体》卷七谓鲍照"乐府五言如'鸡鸣洛城里，禁门平旦开。冠盖纵横至，车骑四方来'，'骢马金络头，锦带佩吴钩。失意杯酒间，白刃起相仇'，'严秋筋竿劲，虏阵精且强。天子按剑怒，使者遥相望'，'疾风冲塞起，沙砾自飞（飘）扬。马毛缩如猬，角弓不可张'等句，最为轶荡，其气象已近李、杜，元瑞谓'明远开李杜之先鞭'是也"。

　　鲍照五言体乐府诗主体风格富于骨力、奇仄险俗、敏捷俊快、动人心魄，与其《拟行路难》十八首相近。敖陶孙《诗评》谓"鲍明远如饥鹰独出，奇矫无前"。丁福保《八代诗菁华录笺注》云："鲍诗于去陈言之法尤严，只是一熟字不用。又取真境，沈响惊奇，无平缓实弱钝懈之笔，杜、韩常师其句格，如'霞石触峰起'，'穹跨负天石'，句法峭秀，杜公所拟也。"至于他有意学习"吴声""西曲"的《吴歌》三首、《采菱歌》七首一类，更是俗艳之作了。王叔岷《钟嵘诗品笺证稿》说："险俗亦明远诗特色之一，与民歌接近，故会于流俗耳。"钟嵘重雅轻俗，故未列鲍照于上品，理有固然。另外，就总体而言，如萧涤非《汉魏六朝乐府文学史》第四章所说："当南朝绮罗香泽之气，充斥弥漫之秋，其能上追两汉，不染时风者，吾得一人焉，曰鲍照。鲍氏乐府之在南朝，犹之黑夜孤星，中流砥柱，其源乃从汉魏乐府中来，而与整个南朝乐府不类。"又说："至如鲍照，位卑人微，才高气盛，生丁于昏乱之时，奔走乎死生之路，其自身经历，即为一悲壮激烈可歌可泣之绝好乐府题材，故所作最多，亦最工。"（同上引）

齐吏部谢朓[①]

　　其源出于谢混。微伤细密，颇在不伦[②]。一章之中，自有玉石[③]，然奇章秀句，往往警遒[④]。足使叔源失步，明远变色[⑤]。善自发诗端，而末篇多踬[⑥]。此意锐而才弱也[⑦]。至为后进士子之所嗟慕。朓极与余论诗，感激顿挫过其文[⑧]。

【注释】

　　①谢朓（464—499）：字玄晖，陈郡阳夏（今河南太康）人。与谢灵运同族，世称小谢。齐明帝时，为宣城太守，后迁尚书吏部郎。有《谢宣城集》。

　　②微伤细密，颇在不伦：意谓谢朓诗略嫌细碎繁密，与谢混还稍有不同。细密，指谢朓诗讲究平仄、对仗等。不伦，不类；或释为良莠不齐（指谢朓诗）。

③自有玉石：即玉石相杂，喻指有好有坏。

④警遒：精警挺拔。

⑤足使叔源失步，明远变色：意谓谢朓诗足以使谢混、鲍照吃惊失态。失步，步伐混乱。

⑥善自发诗端，而末篇多踬：意谓谢朓诗起句很好，而结句却往往陷于困顿，与起句不相称。

⑦意锐而才弱：文思敏锐而才力疲弱。

⑧朓极与余论诗，感激顿挫过其文：意谓谢朓极力和我论诗，感慨抑扬超过了他的诗作。极，极力，非常。感激，感动激发。顿挫，语调抑扬起伏。

【评析】

在齐梁陈三代讲究声律和对偶的新体诗（又称永明体）的形成发展时期，谢朓以其杰出的诗歌创作饮誉文坛。他与沈约、王融同为新体诗的创始人，而沈约即赞其"二百年来无此诗也"（《南齐书·谢朓传》），即专就其五言诗而言。

谢朓诗中许多警句被人称赞。沈德潜《古诗源》卷十二说："玄晖灵心秀口。每诵名句，渊然泠然，觉笔墨之中，笔墨之外，别有一段深情妙理。"诸如"春草秋更绿，公子未西归""竹树澄远阴，云霞成异色""日隐涧疑空，云聚岫如复""无论君不归，君归芳已歇"等，不胜枚举。而"大江流日夜，客心悲未央""余霞散成绮，澄江静如练""天际识归舟，云中辨江树"等，尤为人乐道。

工于发端，是谢朓诗歌一大特色。王叔岷《钟嵘诗品笺证稿》列举如下一些例证："朔风吹飞雨，萧条江上来"（《观朝雨》）、"落日飞鸟远，忧来不可极"（《和宋记室省中》）、"春心滟容与，挟弋步中林"（《和何议曹郊游》）、"凉风吹月露，圆景动清阴"（《和王中丞闻琴》）、"洞庭张乐地，潇湘帝子游"（《新亭渚别范零陵》）、"春城丽白日，阿阁跨层楼"（《和江城北戍琅玡城》），说这些都是殊具神致或气象的佳句。而"大江流日夜，客心悲未央"，是历来最被人推赏的谢诗善于发端的妙句，见于其《暂使下都夜发新林至京邑赠西府同僚》一诗：

大江流日夜，客心悲未央。徒念关山近，终知返路长。秋河曙耿耿，寒渚夜苍苍。引领见京室，宫雉正相望。金波丽鳷鹊，玉绳低建章。驱车鼎门外，思见昭丘阳。驰晖不可接，何况隔两乡？风烟有鸟路，江汉限无梁。常恐鹰隼击，时菊委严霜。寄言罻罗者，寥廓已高翔。

永明八年（490）秋，齐武帝以随郡王萧子隆为镇西将军，荆州刺史，以朓为功曹参军，不久转任随王府文学。《南齐书》本传载，随王萧子隆"在荆州，好辞赋，数集僚友。朓以文才尤被赏爱，流连晤对，不舍日夕"。由于遭长史王秀之诬告，永明十一年（493）秋，被齐武帝召还京师。这首诗即是自荆州赴京都建康时寄给西府（萧子隆的王府）同事之作。当他看到距建康二十里左右的新林浦时，遥望城阙，面临长江，复杂的愁绪难以言表。"大江流日夜，客心悲未央"两句似自然流出而又大气包举，笼罩全篇。江流浩荡，不舍昼夜，如诗人无尽的悲愁难以遏止。前人论谢诗发端之妙，都极口推崇这两句。或谓其"雄压千古"，或谓其"滔滔莽莽，其来无端"，不一而足。其即将回京与家人团聚的庆幸和思友遭谗的悲忧交集于胸，触目大江而不禁发出如此浩叹。接着"徒念关山近，终知返路长"二句，说他离京城越来越近，而返回荆州的路却越来越长了。一"近"一"长"，包含着多少被迫的无奈和对过去生活的眷恋。"秋河"两句又落到眼前秋河耿耿、寒渚苍苍的向晓景色，黯淡凄清。"引领"四句写他已望见帝都千门万户的富丽壮伟，但接着"驱车"六句却又转入对萧子隆的思念。驱车都门，而心怀荆州。日光难接，两地遥遥相隔；风云鸟路而江、汉无梁，荆州难回了。然而回去又如何呢？"常恐"两句以鸟怕鹰隼、菊委严霜为喻，又写出了被小人谗陷的忧惧。结末两句以鸟之寥阔高翔而罗者无可如何收束，绝决高逸。何焯《义门读书记》卷四十六评道："玄晖俊句为多，然求其一篇尽善，盖不易得；如此沉郁顿挫，故是压卷之作。"

谢朓诗往往在收结时有蹇弱之病，钟嵘以为是其文思有余而才力不足的表现。除此而外，其"既欢怀禄情，复协沧州趣"（《之宣城郡出新林浦向板桥》）的以仕为隐，使其缺乏高尚的理想和志趣，而许多诗歌于篇末反复抒写这类感慨，气力不足，亦是致病之因（葛晓音《八代诗史》）。而正是他殊具隐逸情怀而醉心山水，在大谢之后更开出新境。出任宣城太守三年的大量山水诗创作，名篇络绎，使"谢宣城"这一称谓有了别样的意义。与谢灵运的大事铺排景物不同，小谢山水诗往往善于取境而情韵独具，再加之以新体的音律谐婉，所以"撰造精丽，风华映人"（王世贞《艺苑卮言》卷四）。诸如"余雪映青山，寒雾开白日。暧暧江村见，离离海树出"（《高斋视事》）、"窗中列远岫，庭际俯乔林。日出众鸟散，山暝孤猿吟"（《郡内高斋闲望答吕法曹》）等，都是清新流丽的佳句。

　　谢朓清新篇制，在当时就不无赞誉和效法者。梁武帝萧衍说："不读谢诗三日，觉口臭。"（《太平广记》引《谈薮》）虞炎《玉阶怨》之"黄鸟度青枝"，即学谢朓（《诗品序》）。后来学小谢者更多，而以李白最深情豪迈。他既有诸如"解道澄江静如练，令人长忆谢玄晖"（《金陵城西楼月下吟》）的低首顾恋，且不止一次道及，甚而传说他登华山落雁峰说："恨不携谢朓惊人诗来搔首问青天耳。"（明朱承爵《存余堂诗话》）可见，谢宣城已活化在唐人乃至诗史的血脉里，持久而常新。

梁光禄江淹①

　　文通诗体总杂，善于摹拟②。筋力于王微，成就于谢朓③。初，淹罢宣城郡，遂宿冶亭，梦一美丈夫，自称郭璞，谓淹曰："我有笔在卿处多年矣，可以见还。"淹探怀中，得五色笔以授之。尔后为诗，不复成语，故世传江淹才尽④。

【注释】

①江淹（444—505）：字文通，济阳考城（今河南兰考）人。出身孤贫。历仕宋、齐、梁三朝。梁时为散骑常侍、左卫将军，迁金紫光禄大夫，改封醴陵侯。有《江醴陵集》。

②文通诗体总杂，善于摹拟：意谓江淹诗风格众杂不一，善于模拟前人诗作。按，前后句意应有因果关系，即江淹诗风总杂与其模拟不同诗人的诗风逼肖有关。

③筋力于王微，成就于谢朓：意谓江淹的才力（才尽）如王微才力苦弱，诗歌创作成就如谢朓。筋力，才力。于，如。按，这两句的字词句意解释参考了穆克宏《"筋力于王微，成就于谢朓"众说平议》一文的说法。此文认为，钟嵘说江淹的才力如王微，并不是对他们的才力作全面的比较，只是就江淹"才尽"与王微诗"才力苦弱"而言。

④江淹才尽：《南史·江淹传》载郭璞索笔外，又记张协索锦一说："淹少以文章显，晚节才思微退，云为宣城太守时罢归，始泊禅灵寺渚，夜梦一人自称张景阳（协），谓

曰：'前以一匹锦相寄，今可见还。'淹探怀中得数尺与之，此人大恚曰：'那得割截都尽。'顾见丘迟，谓曰：'余此数尺既无所用，以遗君。'自尔淹文章踬矣。"

【评析】

江淹的《杂体诗三十首》、《效阮公诗十五首》等，都是模拟前人之作。这些拟古诗，往往逼肖原作。严羽《沧浪诗话·诗评》谓："拟古惟江文通最长，拟渊明似渊明，拟康乐似康乐，拟左思似左思，拟郭璞似郭璞，独拟李都尉一首，不似西汉耳。'如《杂体诗三十首》之《陶征君潜田居》一首：

> 种苗在东皋，苗生满阡陌。虽有荷锄倦，浊酒聊自适。日暮巾柴车，路暗光已夕。归人望烟火，稚子候檐隙。问君亦何为？百年会有役。但愿桑麻成，蚕月得纺绩。素心正如此，开径望三益。

此诗曾被人误收入《陶渊明集》，当作《归园田居》的第六首，苏东坡也被瞒过，亦误为陶诗而和之。潘德舆《养一斋诗话》卷九却说："若拟陶征君诗，气味去之亦远，惟刺取陶集'东皋舒啸''稚子候门''或巾柴车''种豆南山下''带月荷锄归''浊酒聊自持''但道桑麻长''闻多素心人'诸字句，能为貌似而已，岂独不似李都尉哉？文通一世隽才，何不自抒怀抱，乃为赝古之作，以供后人嗤点？沧浪回护，仍是为古人大名所压。"其实做到乱真，曲尽心手之妙，也表现了江淹的才情工力之深，未可一概抹倒。如《休上人怨别》之"日暮碧云合，佳人殊不来"诸句，亦因逼真而有人误作汤惠休的诗作，却堪称佳句。

在拟古的逼肖、乱真之外，江淹《效阮公诗十五首》中也有略具思想情怀之作。其《自序传》中说宋末后废帝继位，残暴无道，建平王刘景素于荆州密谋起兵。江淹以为事必无成，说："殿下不求宗庙之安，如信左右之计，则复见麋鹿霜栖露宿于姑苏之台矣！"屡谏不纳。后在南徐州作这组效阮诗，略明性命之理，以为讽谏。如其三：

> 白露淹庭树，秋风吹罗衣。忠信主不合，辞意将诉谁。独坐东轩下，鸡鸣夜已晞。总驾命宾仆，遵路起旋归。天命谁能见，人踪信可疑。

在秋风白露的凄凉中，独坐难寐，殷忧在怀。忠谏不入主人之耳，而此情谁诉？末二句即规劝景素说天命未必如此，不可妄动；左右之人的言行不可信从。

江淹一生历经宋、齐、梁三朝，其现存大多数诗赋作于刘、宋后期。《梁书》本传说他"晚节才思微退，时人皆谓之才尽"。"才尽"之说成为诗文常典，广泛播扬。但"五色笔"或"江淹梦""江淹笔"（江笔、江毫、江管）等，往往喻文才出色。钟嵘在一定程度上肯定了江淹的诗才，却又讲了这样一件轶事，属佳话之例。

梁卫将军范云 梁中书郎丘迟①

　　范诗清便宛转，如流风回雪②。丘诗点缀映媚，似落花依草③。故当浅于江淹，而秀于任昉④。

【注释】

①范云（451—503）：字彦龙，南乡舞阴（今河南泌阳）人。范缜从弟。

仕宋为郢州西曹书佐，转法曹行参军。齐时曾任零陵内史等。入梁，为度部尚书、尚书右仆射等。卒赠侍中、卫将军。今存诗四十余首。丘迟（464—508）：字希范，吴兴乌程（今浙江湖州）人。丘灵鞠之子。齐武帝永明初，举秀才，授太学博士、车骑录事参军等职。入梁，授散骑侍郎，迁中书侍郎等。有《丘中郎集》。

②范诗清便宛转，如流风回雪：意谓范云诗清朗娴美，宛转多姿，如流动的风回转着雪花。流风回雪，曹植《洛神赋》："飘飘兮若流风之回雪。"

③丘诗点缀映媚，似落花依草：意谓丘迟诗点缀映衬，媚趣撩人，如落花依附碧草。映媚，映衬生姿。

④故当浅于江淹，而秀于任昉：意谓二人诗当不如江淹诗情词深远，而比任昉诗秀异。故当，本当。

【评析】

范云、丘迟诗风相近，故两人合为一品。

范云八岁能诗，以才思敏捷著称。与沈约、何逊均有忘年之谊，又和周颙、王筠、孔休源、到沆等文士相友善，复善于提携后进，在齐、梁之际的文坛上声望颇高。其《别诗》和一些抒写爱情内容的诗歌，最能体现"清便宛转，如流风回雪"的风格特色。如《别诗》：

洛阳城东西，长作经时别。昔去雪如花，今来花似雪。

这是与何逊联句之作，《何逊集》题作《范广州宅联句》。当时，联句方式是每人作四句，联起来成为一首长诗；分开后可以自成一首短诗。因内容写别情，故又有此题。前二句说在洛阳一别倏忽经时，已含惜别情意。后两句用去

时雪飘如花而今花开似雪，感叹流光易逝，感时伤别，比喻切情而又流丽自然。张玉穀《古诗赏析》卷十九评道："只是冬去春来耳，就雪花颠倒翻出巧思，便耐咀味。"

吟咏爱情相思的《送别》、《闺思》，更见风致。前者写送别情郎：

东风柳线长，送郎上河梁。未尽樽前酒，妾泪已千行。不愁书难寄，但恐鬓将霜。望怀白首约，江上早归航。

春风杨柳，河梁相送，节物兼寓惜别。离樽尚有残酒，泪水已落千行，极写两情之深。"不愁"两句，先说不为什么，而后转出正意，跌荡有致。最后提醒行人，曾有白首偕老之盟，嘱其早归，殷殷之中别具怀抱。后者写闺中相思：

春草醉春烟，深闺人独眠。积恨颜将老，相思心欲燃。几回明月夜，飞梦到郎边。

春意正浓而闺中独眠，相思意绪已出。因伤红颜暗老，所以相思转烈，率性而情真。无奈只有梦里相逢，已不止一回，满是痴情迷离。春草、春烟、月夜、飞梦，都织入闺思情网，触处生春。两诗格调逼近吴歌西曲，声情韵致绝美，如钟嵘所说，虽"浅"而"秀"。

丘迟《与陈伯之书》是最为人传诵的文字，中有"暮春三月，江南草长，杂花生树，群莺乱飞"的句子，是文中殊具"点缀映媚"的诗意境界。孙德谦《六朝丽指》即认为"暮春"四语"借景生情，用眼前花草作点缀。吾恐钟记室品诗，即从此处悟出其诗境耳"。《旦发渔浦潭》一诗为写景之作，论者以为与其文风类似：

> 渔潭雾未开，赤亭风已飏。棹歌发中流，鸣鞞响沓嶂。村童忽相聚，野老时一望。诡怪石异象，崭绝峰殊状。森森荒树齐，析析寒沙涨。藤垂岛易陟，崖倾屿难傍。信是永幽栖，岂徒暂清旷。坐啸昔有委，卧治今可尚。

"村童"两句颇见情致，而整体却俳偶藻饰过重。此外如《侍宴乐游苑送张徐州应诏诗》中"风迟山尚响，雨息云犹积。巢空初鸟飞，荇乱新凫戏"，《赠何郎诗》中"檐际落黄叶，阶前网绿苔"等句，或更得"落花依草"的媚趣。

梁太常任昉①

彦昇少年为诗不工，故世称沈诗任笔②，昉深恨之。晚节爱好既笃，文亦遒变③。善铨事理，拓体渊雅④，得国士之风⑤，故擢居中品。但昉既博物⑥，动辄用事，所以诗不得奇。少年士子，效其如此，弊矣。

【注释】

①任昉（460—508）：字彦昇，乐安博昌（今山东博兴）人。历仕宋、齐、梁三朝。梁时官至新安太守。死后追赠太常卿。有《任彦昇集》。

②沈诗任笔：意谓沈约长于写诗，任昉长于写表诰一类的文章。

③晚节爱好既笃，文亦遒变：意谓任昉晚年爱好写诗既深，诗风亦变得劲健。《南史·任昉传》："（昉）晚节转好著诗，欲以倾沈。"

④善铨事理，拓体渊雅：意谓任昉善于评说事理，开拓其体貌，深沉典雅。铨，衡量。

⑤国士：国中杰出的人才。《史记·淮阴侯列传》："至如信者，国士无双。"

⑥博物：博识多知。

【评析】

六朝时有所谓"文笔"之辨。南朝宋颜延之最早将文笔析之为二。《文心雕龙·总术》说："今之常言，有文有笔，以为无韵者笔也，有韵者文也。"任昉长于令、诰、表、序、状一类文章，沈约长于诗，故时人有"沈诗任笔"之称。任昉对此颇为不满，而晚年用力于诗的创作，就是想与沈约一较高下。

任昉博学多才，又是当时著名的藏书家，作起诗来未免好掉弄古典，以学为诗。而诗有别材，未必关乎书本。如学胜于才，反倒可能会妨碍诗之性情的

抒发而缺乏情韵。钟嵘注重诗之“直寻”“滋味”，故谓任昉以学害诗，难以达致奇逸秀异之美。

但从任昉现存诗歌来看，并未见其堆垛典故的迹象。如《落日泛舟东溪》：

> 黝黝桑柘繁，芃芃麻麦盛。交柯溪易阴，反景澄余映。吾生虽有待，乐天庶知命。不学梁甫吟，唯识沧浪咏。田荒我有役，秩满余谢病。

前四句写泛舟东溪所见之景。桑柘麻麦一片茂盛，两岸树木交枝成阴，斜阳余晖映照澄澈的溪水。后六句写由此触发的归隐情怀。即便诗的后半运用了《周易·系辞上》:“乐天知命故不忧”、《三国志》中诸葛亮好为《梁甫吟》、《孟子·离娄上》之沧浪吟等典事，但都为人熟知而不生僻，亦难说繁密。又如《济浙江》一首：

> 昧旦乘轻风，江湖忽来往。或与归波送，乍逐翻流上。近岸无暇目，远峰更兴想。绿树悬宿根，丹崖颓久壤。

写江湖两岸行舟即目之景，动态飘忽之中颇含情兴。王夫之《古诗评选》卷五谓："全写人中之景，遂含灵气。"

任昉写离别生死的抒情之作最为真挚感人。《别萧谘议》是与萧衍别离之作：

> 离烛有穷辉，别念无终绪。歧言未及申，离目已先举。揆景巫衡阿，临风长楸浦。浮云难嗣音，徘徊怅谁与？傥有关外驿，聊访狎鸥渚。

开头两句以"离烛"和"别念"对起，一"有"一"无"反衬出别情的无尽，奠定了全诗黯然的基调。中间六句都从"无终绪"申发。告别的话还没来得及说，别离的怅望即已产生。想象别后情景，感叹音信阻隔，渺然难期的孤怀低迷无托。结末两句表达了对将来相晤的期许。王夫之《古诗评选》卷五评此诗："结体净，遣句雅，高于休文者数十辈以上"；并发挥道："'沈诗任笔'之云，卖菜求益者之言也。"陈祚明《采菽堂古诗选》卷二十五说此诗"情绪直逼汉魏，语亦苍浑"。

《出郡传舍哭范仆射》三首，哭亡友范云，真情发露，哀思流连。如"结欢三十载，生死一交情"（其一）、"宁知安歌日，非君撤瑟晨"（其三）等句，具见友情之笃，更显哀痛之深。萧统《文选》卷二十三"哀情"类选其第一首（平生礼数绝），大抵是着眼于艺术典范意义而据以载录的。

任昉诗之总体艺术成就虽不及沈约，但亦有特色。至于钟嵘指其用事过多之弊，于理或许有之，而今却难以坐实。书阙有间，如鲁迅先生说要顾及全人，恐怕是一种奢望了。

梁左光禄沈约①

观休文众制，五言最优②。详其文体，察其余论③，固知宪章鲍明远也④。所以不闲于经纶，而长于清怨⑤。永明相王爱文，王元长等皆宗附之⑥。约于时谢朓未遒⑦，江淹才尽，范云名级故微，故约称独步。虽文不至⑧，其工丽亦一时之选也⑨。见重闾里，诵咏成音⑩。嵘谓约所著既多，今剪除淫杂⑪，收其精要，允为中品之第矣⑫。故当词密于范，意浅于江也⑬。

【注释】

①沈约（441—513）：字休文，吴兴武康（今浙江德清）人。历仕宋、齐、梁三朝。梁时，任尚书仆射，封建昌侯，后迁尚书令等职，转左光禄大夫，加特进。卒谥隐。有《沈隐侯集》。

②观休文众制，五言最优：意谓沈约的全部诗作，以五言诗最优秀。众制，众作。

③详其文体，察其余论：意谓细味其诗风，考察其宏论。文体，指诗歌风貌。余论，犹言宏论。这里敬指沈约有关诗歌的言论见解。

④宪章：效法。

⑤所以不闲于经纶，而长于清怨：意谓沈约不擅长应制、奉诏一类的诗作，却长于抒写清朗幽怨之情。闲，同"娴"，熟悉。

⑥永明相王爱文，王元长等皆宗附之：意谓永明相王萧子良喜好文学与文士，王元长（王融）等都宗崇依附于他。《梁书·武帝本纪》："竟陵王子良开西邸，招文学，高祖（萧衍）与沈约、谢朓、王融、萧琛、范云、任昉、陆倕等并游焉，号曰八友。"

⑦遒：劲健老成。

⑧至：达到顶点。

⑨选：首选。《诗经·齐风·猗嗟》："舞则选兮。"郑笺："选者，谓于伦等最上。"

⑩见重闾里，诵咏成音：意谓沈约工巧华丽的诗作很受世俗爱重，传诵一时。闾里，乡里。

⑪淫杂：淫滥芜杂。

⑫允：确实。

⑬故当词密于范，意浅于江也：意谓确当的评价是沈诗的词采比范云细密，而内容却比江淹浅薄。

【评析】

沈约在萧梁时代被推为大家。他不仅在诗歌声律理论上有所创制，其五言诗创作"长于清怨"，亦较为出色。

《别范安成》为其抒写别情之作：

生平少年日，分手易前期。及尔同衰暮，非复别离时。勿言一樽酒，明日难重持。梦中不识路，何以慰相思？

范安成即范岫，在齐朝曾任安成内史，故称范安成。前四句写同为离别，年轻时往往把别后重逢看得过分容易，而今彼此已是衰暮之年，来日无多，经不起再次别离了。在对比映衬中，有无限人生感叹。后四句说，酒薄情重，后会难期。别后梦寻，怎可凭信。语言浅近，感情真挚而又深沉婉曲。末二句虽用《韩非子》中张敏多次梦中寻访别后好友高惠，均迷路而返的典故，却不着痕迹。尤其是暮年友朋之别的心理刻写，传达出一种典型和普遍性的苍凉意绪，哀感动人。沈德潜《古诗源》卷十二谓：“一片真气流出，句句转，字字厚，去《十九首》不远。”张玉榖《古诗赏析》卷十九亦云：“诗只空写离怀，而两人交谊已溢言表，气清骨重，仿佛汉音。”均从不同侧面点出了此诗特色。

沈约山水诗，多清新工丽之作。如《早发定山》：

夙龄爱远壑，晚莅见奇山。标峰彩虹外，置岭白云间。倾壁忽斜竖，绝顶复孤圆。归海流漫漫，出浦水溅溅。野棠开未落，山樱发欲然。忘归属兰杜，怀禄寄芳

茎。眷言采三秀，徘徊望九仙。

除首尾说爱悦山野、寄情芳草外，此篇景物刻写鲜明生动、自然流丽。"标峰彩虹外，置岭白云间""野棠开未落，山樱发欲然"，都是写景佳句。通体对偶，音调谐婉，又表现出"新体诗"之工丽的特点。

沈约重视四声，又尚表达的自然。《颜氏家训·文章篇》说沈约倡文章"三易"，一为"易见事"，即用典要明白晓畅；二为"易识字"，即语言平易；三为"易读诵"，即声律和谐。他特赏谢朓"好诗圆美流转如弹丸"（《南史·王筠传》）之语，即是其"三易"主张的具体体现。而其对《芳树》《临高台》《洛阳道》《江南曲》《怨歌行》等汉魏乐府的改造为五言八句，形成浅易流畅的语言风格，往往可歌，亦是其诗尚新体的一种实践，并从而获得了"见重闾里"、广为传诵的艺术效果。如《临高台》：

> 高台不可望，望远使人愁。连山无断绝，河水复悠悠。所思竟何在，洛阳南陌头。可望不可见，何用解人忧。

这种风调亦体现在他的山水诗中。如《石塘濑听猿》：

> 噭噭夜猿鸣，溶溶晨雾合。不知声远近，唯见山重沓。既欢东岭唱，复伫西岩答。

夜猿声声，破晓仍在弥漫的雾气中传来。山岭重重叠叠中猿鸣时远时近，就好像有意一唱一和，颇饶情趣。"不知""唯见""既欢""复伫"等词句的运用，造成行云流水的节奏感，流畅自然。

与同是永明体诗人范云的由深入浅而较为直白相比，沈诗词采还是细密的；其诗清怨，却缺乏深沉的社会政治内容，故不免比江淹浅薄。而这正标示了沈约诗作的个性特色。作为齐梁文坛领袖，其声律说与"三易"说对当时诗风转变起到了重要作用，故吴淇《六朝选诗定论》卷十六称其为"千古诗道中最有关系之人"。

下品

汉令史班固　汉孝廉郦炎　汉上计赵壹^①

　　孟坚才流，而老于掌故^②。观其《咏史》^③，有感叹之词。文胜托咏"灵芝"^④，怀寄不浅。元叔散愤"兰蕙"^⑤，指斥"囊钱"^⑥。苦言切句，良亦勤矣^⑦。斯人也而有斯困，悲夫^⑧！

【注释】

　　①班固（32—92）：字孟坚，扶风安陵（今陕西咸阳东北）人。班彪之子。官兰台令史，迁为郎，典校秘书。编有断代史《汉书》。有《班兰台集》。郦炎（150—177）：字文胜，范阳（今河北定兴南）人。州郡召用，皆不就。性至孝，察举孝廉。今存诗二首。赵壹（生卒年不详）：字元叔，汉阳西县（今甘肃天水西南）人。东汉灵帝时，为郡上计吏入京。后公府十次辟召，皆不就。以《刺世疾邪赋》最有名。

　　②老于掌故：意谓班固熟悉历史典实。掌故，指古代人物典章制度等旧事。

　　③《咏史》：班固五言咏史之作。全诗为："三王德弥薄，惟后用肉刑。太仓令有罪，就逮长安城。自恨身无子，困急独茕茕。小女痛父言，死者不可

生。上书诣阙下，思古歌鸡鸣。忧心摧折裂，晨风扬激声。圣汉孝文帝，恻然感至情。百男何愦愦，不如一缇萦。"

④托咏"灵芝"：指郦炎《见志诗》其二："灵芝生河洲，动摇因洪波。兰荣一何晚，严霜瘁其柯。哀哉二芳草，不植太山阿。文质道所贵，遭时用有嘉。绛灌临衡宰，谓谊崇浮华。贤才抑不用，远投荆南沙。抱玉乘龙骥，不逢乐与和。安得孔仲尼，为世陈四科。"

⑤散愤"兰蕙"：指赵壹《刺世疾邪赋》中托名鲁生歌："势家多所宜，咳唾自成珠。被褐怀金玉，兰蕙化为刍。贤者虽独悟，所困在群愚。且各守尔分，勿复空驰驱。哀哉复哀哉，此是命矣夫。"

⑥指斥"囊钱"：指赵壹《刺世疾邪赋》中托名秦客诗："河清不可俟，人命不可延。顺风激靡草，富贵者称贤。文籍虽满腹，不如一囊钱。伊优北堂上，抗脏倚门边。"

⑦苦言切句，良亦勤矣：意谓痛切的诗句，确实也是满怀忧苦了。勤，忧苦。

⑧斯人也而有斯困，悲夫：意谓这样的人而有这样的困境，可悲啊！《论语·雍也》："伯牛有疾，子问之，自牖执其手，曰：'亡之，命矣夫！斯人也而有斯疾也！'"

【评析】

东汉的班固、郦炎、赵壹三人诗风相近，故同列一品。

班固为一代史学、辞赋大家，不以诗歌见长。但其《咏史》却是现存东汉文人最早的一首完整五言诗。此诗取材于缇萦救父的史事，对之稍加铺写而成。诗以古之三王恩德广大而后来始有肉刑开篇，然后即转入叙事。"太仓令有罪"四句说太仓令淳于公获罪被押往长安城，自恨没有男儿救己，身处危难而孤独无依的感叹和困窘。接着"小女痛父言"六句，写缇萦闻父言而诣阙上书汉文帝沉痛陈辞，极言死者不可复生的道理，愿以己身代父赎刑的请求。"圣汉孝文帝"两句写汉文帝因被缇萦的言行感动而生恻隐之心，明令废除肉刑。最后两句以缇萦胜过男儿的感叹收束。除一起一结之外，全诗以叙事为主体，依次写来，质朴无华。王夫之《古诗评选》卷四评道："史笔、诗才，有合辙矣。"陈祚明《采菽堂古诗选》卷四亦言："古质。不下断言，但于结句一咏叹之。咏史自有此法。"陈延杰《诗品注》说："其辞甚质直，又加以咏叹，此传体，为咏史正宗，左太冲其变也。"至于此诗结句的具体内涵，有感叹百男不如一女，感慨不肖之子，自叹身世诸说。如果联系班固的遭际及全诗来看，大抵是其晚年系狱时的寄慨之言，既有百男不如一女的表层感慨，又隐含世态难言之悲。

　　与班固叙事且深隐的慨叹不同，生当汉末的郦炎和赵壹的诗歌述怀抒情，激切峻烈。郦炎有才华，多次征召都不肯就任。《后汉书·文苑传》本传说他"有志气，作诗二篇"，即是名为《见志诗》的两首诗。与第一首"舒吾陵霄羽，奋此千里足"的殊具壮怀伟抱不同，第二首以灵芝、兰荣等芳草遭困顿被摧残起兴，喻托才志之士的压抑状况。又以贾谊受到周勃、灌婴的打压被贬为长沙太傅的不幸，抒发贤者不遇于时的不平之气。最后寄望能如贤者颜渊一样，得孔子赏识而逞其才华。陈祚明《采菽堂古诗选》卷四谓："大致古劲。结句质言耳，然固慨深。"赵壹为人恃才倨傲，其文其诗多牢骚怨愤。《刺世疾邪赋》是他的名作，对世态的揭露尖锐深刻。如其中一段：

　　　　于兹迄今，情伪万方。佞谄日炽，刚克消亡。舐痔结驷，正色徒行。
　　妪嫣名势，抚拍豪强。偃蹇反俗，立致咎殃。捷慑逐物，日富月昌。浑然
　　同惑，孰温孰凉？邪夫显进，直士幽藏。

世道如此的原因是"实执政之匪贤"，直指要害，愤世已极。文末有托名秦客和鲁生的诗各一首，亦是刺世抒愤之作。前者以"河清不可俟，人命不可延"开头，是说政治清明之世的出现已不可待。接着六句说明"不可俟"的现象和原因：世风败坏如顺风而倒的草，有钱者即被称为"贤能"。学问满腹又能如何，还不如钱袋鼓鼓的为人看重。善于逢迎的小人登上富家的厅堂，而高亢耿直之士只能倚门而立，被冷落一旁。后者继续发挥此意。"势家多所宜"四句揭示势家贵族把持仕路，寒门士子怀才而难遇。接着四句说，虽然贤者明知如此，许多人却少有觉悟。还是各安本分，不要做无谓的努力吧。最后以"哀哉复哀哉，此是命矣夫"的深重感叹收束，发人深思。两首诗均以比喻和

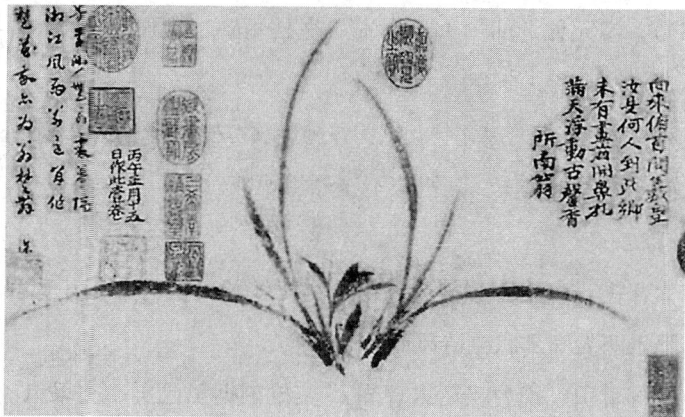

对比的手法揭示了世道的黑暗和不公，充满极度的绝望与愤慨。

　　三人诗歌除了班固为叙事之作外，其他两人均以之抒怀寄愤；郦、赵又比班固略具文采。但从主体感情表达方式看，都具有程度不同的质直的特点。这与钟嵘所标举的诗之审美尺度不合，大概亦是将其所以合为一品的缘由。

魏武帝　魏明帝①

　　曹公古直，甚有悲凉之句②。叡不如丕，亦称三祖③。

【注释】

　　①魏武帝：即曹操（155—220），字孟德，小名阿瞒。沛国谯（今安徽亳州）人。于汉末乱局镇压黄巾，迎献帝迁都许昌，逐渐统一北方。位至丞相，封魏王。子曹丕称帝，追尊其为武皇帝。有《魏武帝集》。魏明帝：即曹叡（205—239），字元仲，沛国谯（今安徽亳县）人。曹丕长子。继曹丕立为帝，谥号明，史称魏明帝。今存诗十三首。

　　②曹公古直，甚有悲凉之句：意谓曹操诗歌古朴质直，很有悲壮苍凉的句子。

　　③三祖：指太祖曹操、高祖曹丕、烈祖曹叡。

【评析】

　　钟嵘称曹操、曹丕、曹叡为三祖，在比较评析中将曹操、曹叡合为一品，大抵是着眼于两人同具悲凉诗风而言。

　　杜甫《丹青引》说曹操后人曹霸："英雄割据虽已矣，文采风流今尚存。"

而"英雄割据"与"文采风流"应是曹操武功文治的两个主要方面。史载其"昼则讲武策，夜则思经传，登高必赋，及造新诗，被之管弦，皆成乐章"（《魏志·武帝纪》注引《魏书》）。他生当汉末战乱之际，求贤任人不拘品行唯才是举，让县明志而敢于实话实说，临终遗令竟至分香卖履，这些多少在政治实际考虑之外体现了他为人大胆、坦言和真诚的一面。所以其文通脱，不求浮华，而具鲜明个性色彩；其诗古直，而尤具世积乱离的悲凉慷慨之气。如《蒿里行》：

> 关东有义士，兴兵讨群凶。初期会盟津，乃心在咸阳。军合力不齐，踌躇而雁行。势利使人争，嗣还自相戕。淮南弟称号，刻玺于北方。铠甲生虮虱，万姓以死亡。白骨露于野，千里无鸡鸣。生民百遗一，念之断人肠。

汉末董卓之乱，群雄并起。在征讨董卓的过程中，造成各种势力相互攻伐的乱局。袁术在淮水之南称帝号，袁绍屯兵河内谋立幽州牧刘虞做天子。此诗即反映了这种动荡的社会现实。兵连祸结而生灵涂炭，"白骨露于野，千里无鸡鸣"。曹操感于百姓的大量死亡，内心极度悲伤。作者真实铺写，即具备了实录和诗史的特色。而结末两句，"声响中亦有热肠"（谭元春《古诗归》卷七），表现出对天下苍生深厚的悲悯与同情。

投戈赋诗，息鞍吟咏，曹操将百战艰难的军旅生活写入诗中，便成绝唱。《苦寒行》开篇"北上太行山，艰哉何巍巍"两句，如一声蓄积已久的长叹自老将胸中喷吐而出，撼人心魄。这里有"羊肠坂诘屈，车轮为之摧。树木何萧瑟，北风声正悲"的行路之难，亦有"熊罴对我蹲，虎豹夹路啼。蹊谷少人

民，雪落何霏霏"的荒骇之景，还有"水深桥梁绝，中路正徘徊。迷惑失故路，薄暮无宿栖"的迷茫意绪。而由日暮人饥写到"担囊行取薪，斧冰持作糜"的特定行为和场景，似觉冷气逼人。在这五音繁会而又苍苍莽莽之中，结之以"悲彼东山诗，悠悠使我哀"。悲哀的主调陡然奏响，又即刻收煞，余韵不绝。

张溥论及曹操《让县自明本志令》云："《述志》一令，似乎欺人，未尝不抽序心腹，慨当以慷也。"（《汉魏六朝百三家集·魏武帝集题辞》）而"抽序心腹，慨当以慷"亦可作为对曹操诗歌艺术风格的一种基本概括。这种风调至曹叡仅存浮辞余响。曹叡为曹丕长子，幼年聪慧而受到曹操钟爱。曹丕即位称帝，生母甄氏失宠，不久被赐死。长久不得立为太子，忧惧横塞于胸，加之其性格沉静内向，故其诗歌已由建安时的烈士悲心转为文人的敏感自伤。据载其所以最终被立为太子，是一次他"常从文帝猎，见子母鹿。文帝射杀鹿母，使帝（叡）射鹿子，帝不从，曰：'陛下已杀其母，臣不忍复杀其子。'因涕泣。文帝即放弓箭，以此深奇之，而树立之意定。"(《魏志》本纪注引《魏末传》)这固然体现了他的不忍之心，又何尝不是想起生母无辜被害及自己的处境险恶，而触绪生哀。他的诗歌多乐府，风格亦质朴，这一点与乃祖曹操诗风相近。但就其主体情调而言，似更受到曹植、曹丕的影响而殊具一种善感的悲情。如《长歌行》：

> 静夜不能寐，耳听众禽鸣。大城育狐兔，高墉多鸟声。坏宇何寥廓，宿屋邪草生。中心感时物，抚剑下前庭。翔佯于阶际，景星一何明。仰首观灵宿，北辰奋休荣。哀彼失群燕，丧偶独茕茕。单心谁与侣，造房孰与成？徒然喟耄和，悲惨伤人情。余情偏易感，怀往增愤盈。吐吟音不彻，泣涕沾罗缨。

曹叡内心郁积了太多的悲苦哀戚，难以尽言，怅触无端。夜中无法入睡，自然界的禽鸣鸟声，狐兔、坏宇、斜草，都一一入其耳目，怵然惊心。徘徊庭际，仰观苍穹，孤燕哀哀无伴，不禁移情于彼，沉咽落泪。此外如《种瓜篇》的比兴喻托的恐惧忧思，缠绵悱恻，都与其个人遭际相关。陈祚明《采菽堂古诗选》卷五说："明帝诗虽不多，当其一往情深，克肖乃父。如闲夜月明，长笛清亮，抑扬转呔，闻者自悲。"其实他不仅与其父曹丕相近，而与其叔曹植都有牵连，而建安之一脉曹氏情真悲绪贯穿三祖。不过，慷慨雄浑之音不在，洋洋清绮之风稍逊。

古今诗评家对钟嵘将曹操置于下品深致不满，王世贞、王士禎、陈衍即有诸如"不公""宜在'上品'""岂非病狂"的责语。钱锺书《谈艺录》在"记室评诗，眼力初不甚高"的评价之后，又究其原因的看法倒应该提及："贵气盛词丽，所谓'骨气高奇''词彩华茂'。故最尊陈思、士衡、谢客三人。以魏武之古直苍浑，特以不屑翰藻，屈为'下品'。"

魏白马王彪 魏文学徐幹^①

白马与陈思答赠^②，伟长与公幹往复^③，虽曰以莛叩钟，亦能闲雅矣^④。

【注释】

①白马王彪：即曹彪（195—251），字朱虎，沛国谯（今安徽亳州）人。为曹丕、曹植之异母弟。文帝黄初年间，封为白马王。今存诗一首。徐幹（170—217）：字伟长，北海郡（今山东昌乐）人。为曹操司空军谋祭酒掾属，又为曹丕五官中郎将文学。今存诗九首。

②白马与陈思答赠：指曹彪与曹植的相与赠答诗。曹植有长篇《赠白马王彪》诗，即《诗品序》所说的"陈思赠弟"。曹彪《答东阿王》诗云："盘径难怀抱，停驾与君诀。即车登北路，永叹寻先辙。"

③伟长与公幹往复：指徐幹与刘桢的相与赠答诗。刘桢《赠徐幹》诗，即《诗品序》所说的"公幹思友"："谁谓相去远，隔此西掖垣。拘限清切禁，中情无由宣。思子沉心曲，长叹不能言。起坐失次第，一日三四迁。步出北寺门，遥望西苑园。细柳夹道生，方塘含清源。轻叶随风转，飞鸟何翩翩。乖人易感动，涕下与衿连。仰视白日光，皦皦高且悬。兼烛八纮内，物类无颇偏。

我独抱深感，不得与比焉。"徐幹
《答刘公幹诗》："与子别无几，所
经未一旬。我思一何笃，其愁如三
春。虽路在咫尺，难涉如九关。陶
陶朱夏德，草木昌且繁。"

④虽曰以莛叩钟，亦能闲雅
矣：意谓曹彪、徐幹与曹植、刘桢
相比，虽说好像用草茎撞击洪钟一
样相差很大，但也能做到从容典雅
了。莛，草茎。

【评析】

钟嵘认为曹彪、徐幹两人诗还称得上闲雅，故同列一品。

曹彪是曹植异母弟，雅好文学，曾师宗很有才学的贾洪。黄初四年（223）
五月，他与曹植、曹彰兄弟三人进京城洛阳见曹丕。曹彰在京都暴病而亡，据
说是被曹丕暗中加害致死。至七月，曹植、曹彪同期返回封地，想一路东归以
叙兄弟阔别之情，被监国使者阻止，不许其同行同宿。曹植愤然写下《赠白马
王彪》一诗，与曹彪告别。全诗七章，贯穿着愤怒哀伤的情感主调。其中既有
"清晨发皇邑，日夕过首阳"的顾恋城阙之情，又有"中逵绝无轨，改辙登高
冈"的行路之难；既有对"鸱枭鸣衡轭，豺狼当路衢"的群小的愤恨，又有"孤
兽走索群，衔草不遑食"的感物伤怀。或因"奈何念同生，一往形不归"的兄
弟死生长诀而生发出人生无常的哀叹；或借"丈夫志四海，万里犹比邻"的豪

情壮语自宽慰人。最后在"变故在斯须，百年谁能持"的世事茫茫中珍重道别，收拾起一片泪水，赋诗相赠。此诗哀愤两集、沉郁顿挫，是用生命书写的一篇优秀的抒情诗作。遗憾的是，曹彪的《答东阿王诗》只四句，不过是诀别咏叹而已，难见个性情怀。或许面对曹植淋漓郁勃的诗情，他已胸臆坌涌哀感沉咽，无须长歌当哭了。这敛抑的笔墨，大抵与钟嵘所说的"闲雅"有些关联。

建安十六年（211），刘桢以平视甄氏获不敬罪被判刑，刑竟署吏，减死输作，作《赠徐幹诗》。诗中倾诉了与徐幹拘限阻隔而无法见面的思念及自感不平的压抑之情。吴淇《六朝选诗定论》卷六说："公幹戆直招忌，故独抱深感。然此深感，除伟长外，再无一人可告诉者。故思之不已而望，望之不已而感。要知不是思人、望人，只是自己心中有事，故见'细柳'云云，感之而动也。至仰观日光，所感尤深。要知只是慨愤不平，无觊觎之意。若有觊觎，焉得为卓荦偏人。"此诗言情婉转自然，深挚生动；笔调从容不迫，一往清警。徐幹《答刘公幹诗》直抒离思别情。"我思一何笃，其愁如三春"，略带乐府风味；结末二句以夏阳施惠万物为比宽慰对方，较有余韵。但总的来看，还是不如公幹赠诗的隽永深厚。

魏仓曹属阮瑀 晋顿丘太守欧阳建
魏文学应玚 晋中书嵇含 晋河内太守阮侃
晋侍中嵇绍 晋黄门枣据①

元瑜、坚石七君诗，并平典不失古体②，大检似③。而二嵇微优矣。

【注释】

①阮瑀（165?—212）：字元瑜，陈留尉氏（今属河南）人。汉末建安中，为曹操辟为司空军谋祭酒，管记室。后徙仓曹掾属。有《阮元瑜集》。欧阳建（?—300），字坚石，渤海南皮（今河北南皮）人。为山阳令、尚书郎、冯翊太守等职。为赵王司马伦所杀。今存诗二首。应玚（?—217）：字德琏，汝南南顿（今河南项城）人。应璩之兄。先被辟为曹操丞相掾属，后转曹植平原侯庶子，又转曹丕五官中郎将文学。有与其弟合集《应德琏休琏集》。嵇含（263—306）：字君道，一作居道。谯国铚（今安徽宿川西）人。嵇康侄孙。官中书侍郎。今存诗三首。阮侃（生卒年不详）：字德如，陈留尉氏（今属河南）人。仕至河内太守。今存诗二首。嵇绍（254—304）：字延祖，谯国铚人。嵇康子，嵇含从叔。官至侍中。今存诗一首。枣据（生卒年不详）：字道彦，颍川长社（今河南长葛）人。本姓棘，其先人避难，易姓为枣。官至黄门侍郎。今存诗七首。

②平典不失古体：意为七人诗都平正典实，仍有汉魏风貌。

③大检似：即七人诗风大体相似。大检，大抵，大体。

【评析】

钟嵘以为汉魏西晋时期的阮瑀、欧阳建等七人的诗风大体相近，故同列一品。

阮瑀、应玚名列"建安七子"，二人诗歌都有质朴的古风。阮瑀《驾出北

郭门行》写孤儿遭继母虐待，到亲生母亲坟前哭诉的悲惨故事。先叙自己驾车经行城郭北郊，马为之踟蹰不前，准备折枝鞭马，忽然听到悲啼之声。这一方面道其遇见孤儿的原委，另一方面也起到了渲染气氛的作用。古时坟地多在城郭北郊，行人至此自然生悲，马不能驰实是人不能行。中间是孤儿述说自己的遭遇："亲母舍我殁，后母憎孤儿。饥寒无衣食，举动鞭捶施。骨消肌肉尽，体若枯树皮。藏我空室中，父还不能知。上冢察故处，存亡永别离。亲母何可见，泪下声正嘶。弃我于此间，穷厄岂有赀。"最后二句以劝戒世人不要虐待孤儿作结。诗以叙事为主，内容亦与汉乐府《孤儿行》相近，语言朴质。陈祚明《采菽堂古诗选》卷七评："质直悲酸，犹近汉调。"其《七哀诗》《咏史诗》

《杂诗》《怨诗》一类，虽各有特色，但亦大体质直而满是哀音。应场《别诗》二首，其中"行役怀旧土，悲思不能言""临河累太息，五内怀伤忧"等，都是"流离世故，颇有飘薄之叹"（谢灵运《拟魏太子邺中集诗序》）的浅貢入情之句。

欧阳建《临终诗》是人之将死之言，所谓"临命作诗，文甚哀楚"（《晋书》本传），多感叹的真情表白。如"不惜一身死，惟此如循环。执纸五情塞，挥笔涕汍澜"，直言而无雕饰。阮侃风仪雅润，与嵇康友善。其《答嵇康诗》二首，一方面书写了真挚的友情和别情，如"交际虽未久，恩爱发中诚""与子犹兰石，坚芳互相成"（其一），"双美不易居，嘉会故难常""不悟卒永离，一别为异乡"（其二）；另方面，亦含劝戒之意，多陈说古贤处世之道，又以良言寄意。如"潜龙尚泥蟠，神龟隐其灵""幸子无损思，逍遥以自宁"（其一）、"恬和为道基，老氏恶强梁。患至有身灾，荣子知所康"（其二）等。两诗情词恳切，都是自然流出的由衷之言。枣据《杂诗》为晋武帝咸宁五年（279）大举伐吴，其以从事中郎随军时所作。诗以"吴寇未殄灭，乱象侵边疆"开篇，说到自己谬当进用，及"既惧非所任，怨彼南路长"的不堪任重致远之情。其中"深谷下无底，高岩暨穹苍。丰草停滋润，雾露沾衣裳。玄林结阴气，不风自寒凉"六句，写出了苍凉之景。陈祚明《采菽堂古诗选》卷十评此诗："古健朴老，甚近魏人。"

钟嵘以为在七人诗中，嵇含、嵇绍两位要稍好一些。而从两人现存很少的诗作看，似难以得出这样的评价。嵇含《悦晴诗》写风雨后的天晴景色："劲风归巽林，玄云走重基。朝霞炙琼树，夕影映玉芝。翔凤晞轻翮，应龙曝纤鬐。百谷偃而立，大木颠复持。"通体偶对，注重炼字，色彩鲜丽，而难见自然之趣。其《伉俪诗》《登高诗》等，亦不见佳。嵇绍只存《赠石季伦诗》一首，劝石崇克欲全生，诸如"事故诚多端，未若酒之贼。内以损性命，烦辞伤轨则。屡饮致疲怠，清和自否塞。阳坚败楚军，长夜倾宗国"之类，不过表明贪酒之害，滥调陈辞，充斥全篇。钟嵘所谓七君诗平典而"二嵇微优"之说，论者以为大概是元康永嘉诗皆平典，近于古体，与陆机新声不类而嵇家诗以清峻见长的缘故。然而，二嵇诗至今传世极少，亦难推知钟嵘当时据以立论的具体情况。如此，还是存疑为好。

晋中书张载 晋司隶傅玄 晋太仆傅咸
魏侍中缪袭 晋散骑常侍夏侯湛①

　　孟阳诗，乃远惭厥弟，而近超两傅②。长虞父子，繁富可嘉③。孝若虽曰后进，见重安仁④。熙伯《挽歌》⑤，唯以造哀尔。

【注释】

　　①张载（生卒年不详）：字孟阳，安平武邑（今属河北）人。张协之兄。官至中书侍郎，领著作。有《张孟阳集》。傅玄（217—278）：字休奕，一作休逸。北地泥阳（今陕西铜川）人。曹魏时举秀才。封鹑觚男。晋时官至司隶校尉等。有《傅鹑觚集》。傅咸（239—294）：字长虞，北地泥阳（今陕西铜川）

人。傅玄之子。曾历官御史中丞、司隶校尉等。有《傅中丞集》。缪袭（186—
245）：字熙伯，东海（今山东苍山一带）人。建安中，辟御史大夫府。累迁侍
中，光禄勋。今存《魏鼓吹曲》十二首，《挽歌》一首。夏侯湛（243—291）：
字孝若，沛国谯（今安徽亳州）人。官至散骑常侍。今存诗十首，无五言诗。

②"孟阳诗"三句：意谓张载诗，远不如其弟张协，却稍胜于傅玄、傅咸。
近，稍。

③长虞父子，繁富可嘉：意谓傅玄、傅咸父子篇章繁富，堪可嘉许。

④孝若虽曰后进，见重安仁：意谓夏侯湛虽为晚学后辈，却受到潘岳的推
赏。《世说新语·文学》："夏侯湛作《周诗》成，示潘安仁。安仁曰：'此非徒
温雅，乃别见孝悌之性。'潘因此遂作《家风诗》。"

⑤熙伯《挽歌》：指缪袭《挽歌》诗："生时游国都，死没弃中野。朝发高
堂上，暮宿黄泉下。白日入虞渊，悬车息驷马。造化虽神明，安能复存我。形
容稍歇灭，齿发行当堕。自古皆有然，谁能离此者。"

【评析】

钟嵘将张载、傅玄、傅咸、缪袭、夏侯湛同列一品，大抵是以其诗风相近
的缘故。

张载与其弟张协处乱世而头脑清醒，终能远祸全身，颇得庄老恬退之道。
张载本有济世扬名的热望，亦曾历官为宦多年，其《榷论》自述："夫贤人君
子，将立天下之功，成天下之名，非遇其时，曷由致之哉？"八王乱起，皇室
纷争，立功成名已非其时，君子见机，转而避世，亦是对现实的一种绝望。其
早年《登成都白菟楼诗》，歌咏成都壮伟建筑，市肆繁华，起句"重城结曲阿，

飞宇起层楼"，已见其飞扬的意绪。而时移世变，又赋招隐之诗，所谓"人间实多累""超然辞世伪"（《招隐诗》）了。另方面，其诗往往感物伤怀、悲愁相续。或秋风霜冷而"睹物识时移，顾已知节变"，或自伤"气力渐衰损，鬓发终以皓"（上引俱失题）。陈祚明《采菽堂古诗选》卷十二说："孟阳长于言愁，触绪哀生，垒涌不能自止。笔颇古质，不落建安以后。"《七哀诗》二首即代表了这种主体诗风。其一：

> 北芒何垒垒，高陵有四五。借问谁家坟？皆云汉世主。恭文遥相望，原陵郁膴膴。季世丧乱起，贼盗如豺虎。毁壤过一抔，便房启幽户。珠柙离玉体，珍宝见剽虏。园寝化为墟，周墉无遗堵。蒙茏荆棘生，蹊径登童竖。狐兔窟其中，芜秽不复扫。颓陇并垦发，萌隶营农圃。昔为万乘君，今为丘中土。感彼雍门言，凄怆哀今古。

诗写汉代陵寝遭乱世而被盗挖毁坏的惨状，怵目惊心。《文选》卷二十三李善注引魏文帝《典论》曰："丧乱以来，汉氏诸陵，无不发掘，至乃烧取玉柙金缕，骸骨并尽。"首六句以"北芒何垒垒"开篇，说洛阳城外的北芒山坟

冢累累，王公贵族多葬于此；而有几座高大的陵墓，即埋葬着汉代帝王。其中有汉安帝刘祜的恭陵、汉灵帝刘宏的文陵和光武帝刘秀的原陵。"季世"六句，写汉末乱世盗贼蜂起，这些帝陵横遭劫掠。墓室被打开，死者身上的珍贵装饰及宝物全被盗抢一空。"园陵"八句，写整个寝庙都变为废墟，荆棘满径，樵童牧竖出入其间，农夫垦田其上，一片荒凉景象。最后四句，以感慨作结。这里用了桓谭《新论》的典故："雍门周以琴见孟尝君，曰：'臣窃悲千秋万岁之后，坟墓生荆棘，狐兔穴其中，樵儿牧竖踯躅而歌其上，行人见之凄怜。'"国运盛衰与人生忧患之感，深沉浓郁。第二首荡开正题，主要写秋日萧飒凄凉之景；"哀人易感伤，触物增悲心"，感怆殊深，几乎呜咽满纸。

　　傅玄、傅咸父子两人，在西晋文坛占有一定地位。傅玄现存诗篇绝大多数是拟汉魏乐府之作，如《秋胡行》以乐府旧题咏秋胡戏妻故事，《艳歌行》拟乐府古辞《陌上桑》等。《豫章行苦相篇》是其反映妇女不幸命运的一篇佳作：

　　　苦相身为女，卑陋难再陈。男儿当门户，堕地自生神。雄心志四海，万里望风尘。女育无欣爱，不为家所珍。长大逃深室，藏头羞见人。垂泪适他乡，忽如雨绝云。低头和颜色，素齿结朱唇。跪拜无复数，婢妾如严宾。情合同云汉，葵藿仰阳春。心乖甚水火，百恶集其身。玉颜随年变，丈夫多好新。昔为形与影，今为胡与秦。胡秦时相见，一绝逾参辰。

　　"苦相"是作者虚拟的诗中女性的名字，寓有苦难的意思。这首诗从女子生下来即不像男儿一样被家里看重，再写到出嫁后卑屈生活，最后年岁渐老丈夫对之弃而不顾的凄惨，展示了女子一生的不幸命运。叙事写人，注重情态与心理刻写，鲜明生动。文字质朴，近于乐府民歌风调。其他如《放歌行》哀叹人生短暂及对死亡的感怀，触目丘坟旷野而"愁子多哀心，塞耳不忍闻。长啸泪雨下，太息气成云"，悲慨苍凉，又与建安诗风为近。傅咸诗歌多四言，五言诗仅存五首。其《赠何劭王济诗》中"临川靡芳饵，何为守空坻。槁叶待风飘，逝将与君违。违君能无恋，尸素当言归"等，写友朋之情，堪称深挚。

缪袭五言仅存《挽歌》一首。此诗前四句以生时游乐与死之被弃对比，书写人生的悲哀。中间四句以太阳必落喻人必有一死。末四句说人必衰老的不可抗拒的规律。这首诗从《薤露》《蒿里》等乐府发展而来，虽则用典，而风格古朴，哀凉独造。何焯《义门读书记》卷四十七评："词极峭促，亦淡以悲。"

晋骠骑王济　晋征南将军杜预
晋廷尉孙绰　晋征士许询①

永嘉以来，清虚在俗②。王武子辈诗，贵道家之言。爰泊江表③，玄风尚备。真长、仲祖、桓、庾诸公犹相袭④。世称孙、许，弥善恬淡之词⑤。

【注释】

①王济（生卒年不详）：字武子，太原晋阳（今山西太原）人。历官侍中、太仆等。卒后追赠骠骑将军。今存诗残篇四，中有五言断句一联。杜预（222—284）：字元凯，京兆杜陵（今陕西西安）人。官至镇南大将军。卒赠征南大将军。诗今不存。孙绰（314—371）：字兴公，太原中都（今山西平遥）

人。官至廷尉卿。今存诗三十七首。许询（生卒年不详）：字玄度，高阳（今属河北）人。性好山水，隐居不仕。朝廷屡次征辟，皆不就，故称征士。今存五言诗一首，断句二联。

②永嘉以来，清虚在俗：意谓晋怀帝永嘉（307—313）年间，世俗上崇尚清谈。清虚，即老庄清谈。

③爰洎（jì）江表：意即于是到了东晋时期。洎，至。江表，江外，江南。

④真长、仲祖、桓、庾诸公犹相袭：意谓刘惔（字真长）、王濛（字仲祖）、桓温、庾亮诸人仍承袭玄谈之风。

⑤世称孙、许，弥善恬淡之词：意谓当时并称的孙绰、许询，更擅作恬淡的玄言诗。恬淡之词，指玄言诗。《庄子·刻意》："夫恬淡寂寞虚无无为，此天地之本而道德之质也。"

【评析】

随着魏晋玄学的兴起和发展，以老庄玄理入诗或径以玄言为诗成为一时风气，而东晋时期玄言诗尤为盛行。钟嵘将王济、杜预、孙绰、许询合为一品，即着眼于此。

钟嵘在《诗品序》中概述玄言诗的发展史，谓："永嘉时，贵黄老，稍尚虚谈。于时篇什，理过其辞，淡乎寡味。爰及江表，微波尚传。孙绰、许询、桓、庾诸公诗，皆平典似《道德论》，建安风力尽矣。"刘勰《文心雕龙·时序》说："自中朝贵玄，江左称盛，因谈余气，流成文体。是以世极迍邅，而辞意夷泰，诗必柱下之旨归，赋乃漆园之义疏。"是说自西晋已经崇尚玄谈，至东晋风气转盛，而产生了玄言诗，内容是发挥老、庄义理；原因在于时代乱

离。而由世尚清虚，继以道家之言为诗，最终以孙绰、许询为代表的一批玄言诗人创作的淡乎寡味的诗篇大量出现，建安诗歌传统一扫殆尽。

王济五言诗《答何劭》仅存两句："计终收返致，发轨将先起"，具有玄言意味。杜预、刘恢、王濛、桓温、庾亮诸人，均无玄言诗传世。孙绰所存玄言诗皆为四言，五言《秋日》以写景为主，已非完整意义上的玄言诗：

> 萧瑟仲秋月，飙唳风云高。山居感时变，远客兴长谣。疏林积凉风，虚岫结凝霄。湛露洒庭林，密叶辞荣条。抚菌悲先落，攀松羡后凋。垂纶在林野，交情远市朝。澹然古怀心，濠上岂伊遥。

这首诗写仲秋萧条冷落的景物而后抒发人生感怀，结尾用《庄子·秋水》中濠上之游的典故，借以说明自己放情林野的适意快乐。在整体上，以写景为主，玄理退居次要位置，已开谢灵运之先。许询五言玄言诗仅存题为《农里诗》中的两句："亹亹玄思得，濯濯情累除。"意谓以庄老思想消解尘心物累，与孙绰《秋日》诗的主旨相近。

晋征士戴逵 晋东阳太守殷仲文①

　　安道诗虽嫩弱，有清上之句②。裁长补短③，袁彦伯之亚乎④？逵子颙⑤，亦有一时之誉。晋、宋之际，殆无诗乎！义熙中，以谢益寿、殷仲文为华绮之冠⑥。殷不竞矣⑦。

【注释】

　　①戴逵（？—396）：字安道，谯郡铚（今安徽宿州西）人。屡征不就，故称征士。诗今不存。殷仲文（？—407）：字仲文，陈郡长平（今河南西华）人。仕至东阳太守。今存诗三首。

　　②安道诗虽嫩弱，有清上之句：意谓戴逵诗虽然稚嫩，却有好的清新的诗句。

　　③裁长补短：取长补短。

　　④袁彦伯：袁宏，字彦伯。

　　⑤逵子颙：即戴逵之子戴颙（378—441），字仲若。诗今不存。

　　⑥义熙中，以谢益寿、殷仲文为华绮之冠：意谓东晋安帝义熙（405—418）年间，以谢混、殷仲文诗最为华丽绮靡。

　　⑦不竞：不能争胜。竞，强。

【评析】

戴逵及其子戴颙的诗歌创作在当时有一定声誉，而其诗今俱不存。

戴逵"少有清操，恬和通任……性甚快畅，泰于娱生。好鼓琴，善属文，尤乐游燕，多与高门风流者游。谈者许其通隐。屡辞征命，遂著高尚之称"。
(《世说新语·雅量》注引《晋安帝纪》）钟嵘评袁宏（字彦伯）诗"鲜明紧健，
去凡俗远矣"；而戴诗"清上"风格与之相近，但不及中品之袁宏，故置于下品。

殷仲文在改变诗坛玄风上起到了重要作用，《宋书·谢灵运传论》即说：
"仲文始革孙、许之风。"其与谢混诗歌并具华绮之风，而殷不及谢。殷仲文
五言诗今存二首。其《南州桓公九井作》云：

> 四运虽鳞次，理化各有准。独有清秋日，能使高兴尽。景气多明远，
> 风物自凄紧。爽籁惊幽律，哀壑扣虚牝。岁寒无早秀，浮荣甘凤陨。何以
> 标贞脆，薄言寄松菌。哲匠感萧晨，肃此尘外轸。广筵散泛爱，逸爵纡胜
> 引。伊余乐好仁，惑祛吝亦泯。猥首阿衡朝，将贻匈奴哂。

南州（姑孰）有九井山。此诗当是其从桓玄居于此地而作。《文选》李善
注说："叙其进退危惧之情。"桓玄起兵反叛，仲文弃郡投奔他，宠遇隆重。诗
之开头两句说四时变化如鱼鳞一样有一定的次序，其中含有自然之理。接着写
清秋之兴。"景气"四句写山野秋色，凄清幽邃。"岁寒"四句，借草木凋零寄
寓人生悲感。后半主要颂美桓玄好仁之怀，而自惭形秽。诗之写景真切，抒情
委婉。虽内含玄理，而大抵不太着迹。如与谢混相比，毕竟还嫌落于理路。所
以《南齐书·文学传论》说："仲文玄气，犹不尽除；谢混情新，得名未盛。"

宋尚书令傅亮①

季友文，余常忽而不察②。今沈特进撰诗③，载其数首，

亦复平美④。

【注释】

①傅亮（374—426）：字季友。北地灵州（今甘肃永宁）人。傅咸玄孙。仕至尚书仆射、左光禄大夫。有《傅光禄集》。

②季友文，余常忽而不察：意谓傅亮诗，我常常忽略而未加考察。文，指诗。

③沈特进撰诗：意谓沈约编撰诗集。这里或指沈约编的《集钞》一弓。特进，梁武帝封沈约为特进，故称。

④平美：平正和美。

【评析】

傅亮跟随刘裕北伐，攻克长安后，刘裕登上霸陵远眺，令群从各咏古诗名句，亮乃咏王粲《七哀诗》中“南登霸陵岸，回首望长安”两句（《金楼

子·捷对》）。刘裕代晋自立，更是希意承旨，受到重用。后在皇室废立中越陷越深。他在《演慎论》一文中说"四道好谦，三材忌满""非知之难，慎之惟坚"等，已然知道宦途之险，但还是耽迷权力，最终为文帝所杀。《奉迎大驾道路赋诗》应是其迎立文帝时所作：

> 凤棹发皇邑，有人祖我舟。饯离不以币，赠言重琳球。知止道攸贵，怀禄义所尤。四牡倦长路，君辔可以收。张邴结晨轨，疏董顿夕辀。东隅诚已谢，西景逝不留。性命安可图，怀此作前修。敷衽铭笃诲，引带佩嘉谋。迷宠非予志，厚德良未酬。抚躬愧疲朽，三省惭爵浮。重明照蓬艾，万品同率由。忠诰岂假知，式微发直讴。

诗借临别良友赠言，如"知止道攸贵，怀禄义所尤。四牡倦长路，君辔可以收"等，而自陈"迷宠非予志，厚德良未酬"，通篇多悔惧之辞。陈祚明《采菽堂古诗选》卷十九说："诗语高质，《百一》之流。"陈氏认为傅亮此诗与应璩《百一诗》属一类，而风格"高质"，亦与钟嵘所说"平美"相近。

宋记室何长瑜 羊曜璠①

才难，信矣②！以康乐与羊、何若此，而二人文辞，殆不足奇③。

【注释】

①何长瑜（？—445）：东海郡（今山东郯城）人。官至临川王刘义庆记室

参军。今存诗二首。羊曜璠（？—459）：名璿之，字曜璠。泰山南城（今山东费县）人。官至临川内史。诗今不存。

②才难，信矣：意谓人才难得，是确实的了。《论语·泰伯》："孔子曰：'才难，不其然乎！'"

③"以康乐与羊、何若此"三句：意谓以谢灵运的文才，与羊、何交往唱和，而二人文辞却几乎不足称奇。与，交往。按，《宋书·谢灵运传》载："灵运既东还，与族弟惠连、东海何长瑜、颍川荀雍、泰山羊璿之，以文章赏会，共为山泽之游，时人谓之'四友'。"

【评析】

《宋书·谢灵运传》以为何长瑜文才之美亚于谢惠连而高于羊曜璠。何长瑜曾在谢府教惠连读书，谢灵运一见长瑜即许为"当今仲宣（王粲）"，但从诗歌创作而言，长瑜诗才确实不如惠连。长瑜作有《离合诗》一首：

> 宜然悦今会，且怨明晨别。肴蕨不能甘，有难不可雪。

离合诗又称离合体。严羽《沧浪诗话·诗体》："离合，字相拆合成文……虽不关诗道之重轻，其体制亦古。"现存离合诗，以东汉孔融《离合作郡姓名字诗》为最早。严羽将之归于"杂体"类。何文汇《杂体诗释例》说："杂体诗之云杂，当兼具二义：既为体繁杂，且体制不经而非诗体之正。"其一般作法是，用诗句意思拆字形，取其一半，同下一句诗拆出的另一半，合为一字。何长瑜的这首诗，第一句取"宜"字，第二句取"且""别"意，"且"离别了"宜"即为"宀"，近似"冂"；同理，三、四句"肴"遇"有"离为"乂"，"冂"与"乂"合为"冈"。谢惠连亦有《离合诗》二首：

放棹遵遥涂，方与情人别。啸歌亦何言，肃尔凌霜节。

夫人皆薄离，二友独怀古。思笃子衿诗，山川何足苦。

前首一、二句离"文"字，三、四句离"口"字，"攵""口"合为"各"。后首一、二句离"人"字，三、四句离"忈"合为"念"。两首诗写夫妻别情相思，情景兼具；而"各""念"又切合诗旨，颇见巧思。

何长瑜为临川王刘义庆记室参军时，有《嘲府僚诗》一首：

陆展染鬓发，欲以媚侧室。青青不解久，星星行复出。

据载这首嘲谑同僚陆展的诗被轻薄少年增益后传播开来，惹得刘义庆大怒，奏闻于上，长瑜因此被贬官。就何长瑜仅存的上引两诗看，皆属游戏之作，格调确实不高。

宋詹事范晔①

蔚宗诗，乃不称其才②，亦为鲜举矣③！

【注释】

①范晔（398—445）：字蔚宗，顺阳（今河南淅川东）人。官至太子詹事。因谋反罪被杀。撰有《后汉书》。今存诗二首。

②不称其才：意谓范晔诗与其才华不相称。

③鲜举：意谓鲜明挺拔。按，或解为不可多得；或疑此本为"轩举"之误。这里姑从曹旭训释。

【评析】

范晔集前人谢承、华峤、袁宏等后汉史籍删订剪裁，而成一家之作的《后汉书》，为一代历史名著。但其诗歌成就并不太高，可见史才与诗才还是有区别的。范晔今存五言诗二首。一为《乐游应诏诗》，无非颂圣应景。其中"山梁协孔性，黄屋非尧心"两句，前者用《论语》典事，说山梁雌雉，饮啄自得，合于孔子之性情；后者亦用典，说尧为天下万民而其心不在乎帝位。陈延杰《诗品注》认为"用事深切，义自秀逸"，又说："但不如其文之美赡可玩耳。"另一首诗为其临终所作：

> 祸福本无兆，性命归有极。必至定前期，谁能延一息？在生已可知，来缘懵无识。好丑共一丘，何足异枉直。岂论东陵上，宁辨首山侧。虽无嵇生琴，庶同夏侯色。寄言生存子，此路行复即。

范晔因与孔熙先、徐湛之等人谋立彭城王刘义康，事败被杀。在狱中，作了这首诗。他感叹福祸无常，人生终有一死，是任谁也难以规避的宿命。无论好也罢坏也罢，同归一丘。而"虽无"两句是说，我即使不能做到像嵇康那样临刑弹奏《广陵散》的洒脱，却也要如夏侯玄（三国时人，因谋杀司马师事泄

而被杀）一样死前面不改色，举动自若。这表现了他倔强傲岸的个性。陈祚明
《采菽堂古诗选》卷十九说此诗："理固同尽，岂无延促？即遘凶之途，亦殊得
失。强言自解，至此不悟矣。然语固峭刻，如有芒。"

宋孝武帝　宋南平王铄　宋建平王宏①

孝武诗，雕文织彩②，过为精密，为二藩希慕③，见称轻
巧矣④。

【注释】
①宋孝武帝：即刘骏（430—464），字休龙，小字道民。彭城（今江苏徐
州）人。宋文帝刘义隆第三子。封武陵王。元嘉三十年（453）即帝位。谥号孝
武皇帝。今存诗二十余首。宋南平王铄：即刘铄（431—453），字休玄，彭城
（今江苏徐州）人。宋文帝刘义隆第四子。封南平王。今存诗十首。宋建平王
宏：即刘宏（434—458），彭城（今江苏徐州）人。宋文帝刘义隆第七子。封
建平王。诗今不存。
②雕文织彩：指雕绘文藻辞采。
③二藩：指刘铄、刘宏。藩，藩王。
④见称轻巧矣：意谓刘铄、刘宏诗，被称为轻丽巧妙了。见称，被称。
【评析】
钟嵘以刘宋皇室三兄弟诗风相近，故列为一品。

刘勰《文心雕龙·时序》谓"孝武多才，英采云构"。刘骏复以帝王之尊雅好文学，而形成一时风气。《南史·王俭传》谓："宋孝武好文章，天下悉以文采相尚。"大明六年（462）置清台令，《建康实录》谓"自大明之代，好作词赋，故置此官，考其清浊"。以诗赋好坏衡量人才，足见其趣尚所在。如其《游覆舟山诗》即以雕彩见长：

> 束发好怡衍，弱冠颇流薄。素想终勿倾，聿来果丘壑。层峰亘天维，旷渚绵地络。逢皋列神苑，遭坛树仙阁。松墀含清晖，荷源煜彤烁。川界泳游鳞，岩庭响鸣鹤。

除前四句说自己从小时即具游观的喜好而今终于登上覆舟山外，其余八句全是刻写景色。只见峰峦高耸，如天之纲维；州渚平旷，如地上的绵络。又见皋野尽为神苑，坛坫列为仙阁。松阶荷池，流光焕彩。锦鳞游于河中，岩际鸣鹤声声。以偶对之语描绘山川之美，辞采绝美，极尽雕织之能事。此外如其《登作乐山诗》《济曲阿后湖诗》，都具雕织精密的特色。个别诗作如《自君之出矣》：

> 自君之出矣，金翠暗无精。思君如日月，回还昼夜生。

拟徐幹《室思》之"自君之出矣，明镜暗不治。思君如流水，何有穷已时"，雕彩中稍见疏秀。张玉毂《古诗赏析》卷十五谓："虽不若徐幹原作之自然，然取象亦极刻画。"

　　刘铄少好学，有文才。未弱冠，作《拟古》三十余首，时人以为可追踪陆机。现存五言诗九首，多代拟之作。一方面，如"溜众夏更寒，林交昼常荫"（《过历山湛长史草堂诗》）、"广檐含夜阴，高轩通夕月"（《七夕咏牛女诗》）诸句，精密有似刘骏；另方面有些拟古之作，转"精密"为"轻巧"，具备了一定个性特色。如《拟明月何皎皎诗》：

　　　　落宿半遥城，浮云蔼层阙。玉宇来清风，罗帐延秋月。结思想伊人，沉忧怀明发。谁为客行久，屡见流芳歇。河广川无梁，山高路难越。

　　这首诗写思妇怀想远人，缠绵哀伤。秋夜月明，云轻风凉，高楼之上，有人念远。谁知远人久久不归，已是几度芳春消歇。欲往从之，而河广山高，无法逾越。陈祚明《采菽堂古诗选》卷十六评："古调浏亮，晋以后人不亦复得。"大概由于拟古，所以不尽同于流风。陈祚明说："南平餐服古风，颇饶秀笔，异于时趋。"（同上引）

宋光禄谢庄①

　　希逸诗气候清雅②，不逮于王、袁③。然兴属闲长，良无鄙促也④。

【注释】

　　①谢庄（421—466）：字希逸，陈郡阳夏（今河南太康）人。仕至光禄大

夫。卒赠右光禄大夫。有《谢光禄集》。

②气候清雅：意谓谢庄诗风格清朗优雅。气候，格调，风格。

③王、袁：指王微、袁淑。

④然兴属闲长，良无鄙促也：意谓谢庄诗兴味闲雅悠长，确实没有鄙陋局
促的弊端。兴属，兴味。

【评析】

　　谢庄是谢灵运的族侄，容仪美好而又诗文兼擅。孝武帝刘骏选风貌门第俱
佳者四人为侍中，庄即列其中。其《月赋》为当世所称，其中“白露暧空，素
月流天”“美人迈兮音尘阙，隔千里兮共明月”等，文有诗情，均为绝妙好辞。
其诗亦腾美于刘宋诗坛。江淹《杂体诗》即有拟谢庄之体。从其现存十二首五
言诗来看，一些随侍应诏之作，大多如钟嵘《诗品序》所批评的“尤为繁密”，
即有堆砌典故之弊；但另一些如《北宅秘园》、《游豫章西观洪崖井》等，则是
“气候清雅”、“兴属闲长”之作。

　　谢家的隐逸、山水之癖至谢庄仍一脉承传。其字希逸，即是希企隐逸的
意思，以示其志尚所在。五子分别名为飏、朏、颢、㟭、瀹，即寓含风、月、
景、山、水之意。流连光景的情趣，与其族叔谢灵运“天下良辰美景赏心乐
事，四者难并”（《拟魏太子邺中集诗序》）的感叹或许不无关联。《北宅秘园》
就是一篇写景诗：

　　　夕天霁晚气，轻霞澄暮阴。微风清幽幌，余日照青林。收光渐窗歇，
　　穷园自荒深。绿池翻素景，秋槐响寒音。伊人傥同爱，弦酒共栖寻。

　　秋日的傍晚，天气晴好，云霞淡抹。微风不时拂过帷幔，斜阳辉映青林。

最后的日光将要收起，渐觉窗暝；穷园荒寂，悄无人声。晚来月白池暗，秋声触怀。有谁能有这样的情致，与我游寻共赏。此诗前八句写景，清细幽雅；后两句言情，逸兴不浅。王士禛标举诗之"神韵"，其《古诗选》即录入此诗。王夫之《古诗评选》卷五评此诗："物无遁情，字无虚设"，道出其锤炼字句的艺术表现功夫。如"澄""清""翻"，下字准确、凝炼，化静为动，而境界始出。同时王夫之又发挥道：

> 两间之固有者，自然之华，因流动生变，而成其绮丽。心目之所及，文情赴之。貌其本荣，如所存而显之，即以华奕照耀，动人无际矣。古人以此被之吟咏，而神采即绝。后人惊其艳，而不知循质以求。乃于彼无得，则但以记识外来之华辞，悬想题署。遇白皆"银"，逢香即"麝"，字月为"姊"，呼风作"姨"，隐龙为"虬"，移虎成"豹"。何当彼情形，而曲加影响？

这段话的精义在于：自然景物本身即具流动变化，气象万千的美质，而诗人要注意观察捕捉其固有的美质而又善于表现，即能获致鲜活动人的艺术效果。如果不这样"循质以求",而轻易拈来记忆中的某些形容词和替代语曲加从事,徒役华辞,就无法显现其固有的美质神采,终隔一层。显然,谢庄的"物无遁情"取决于"字无虚设",即给我们提供了如此有益的艺术经验。

《游豫章西观洪崖井》亦具清雅之调:

> 幽愿平生积,野好岁月弥。舍簪神区外,整褐灵乡垂。林远炎天隔,山深白日亏。游阴腾鹄岭,飞清起凤池。隐暧松霞被,容与涧烟移。将遂丘中性,结驾终在斯。

洪崖为传说中的仙人。此诗即为探访洪崖井仙迹而作。前四句写平生兴趣在于山野游观,历岁月而弥笃;而今终于一时抛却俗累,来到仙乡。中间六句写景。结末二句照应开篇,表达归隐之意。诗中重点刻绘仙乡的灵山秀水,松林日色,云烟缥缈,境界深幽清雅。作者体物精细,传写出自然景物的动态神韵。陈祚明《采菽堂古诗选》卷十六评此诗说:"其体闲静,其姿秀擢。"

此外,《七夕夜咏牛女应制诗》之景物写照、《自浔阳至都集道里名为诗》之叠入地名而又虚灵生动的笔法之妙,俱见特色。

宋御史苏宝生 宋中书令史陵修之
宋典祠令任昙绪 宋越骑戴法兴^①

苏、陵、任、戴,并著篇章,亦为缙绅之所嗟咏。人非文是,愈有可嘉焉^②。

【注释】

①苏宝生（？—458）：名或作宝。宋时，官至南台侍御史、江宁令。诗今不存。陵修之：生平不详。诗今不存。任昙绪：生平不详。诗今不存。戴法兴（414—465）：会稽山阴（今浙江绍兴）人。官至越骑校尉。诗今不存。

②人非文是，愈有可嘉焉：意谓四人品行不好而诗却值得肯定，就更可称赞了。

【评析】

史载，苏宝生有文义之美，戴法兴亦能文章而颇行于世，但二人品行却很成问题。苏宝生明知高闇谋反而不上闻，有失为臣之节，被宋孝武帝刘骏所杀。戴法兴通晓古今，素见恩宠，但贪财纳贿，擅行威权。至孝武帝死，前废帝刘子业即位时，时人称宫中有两天子：帝是假天子，法兴才是真天子，因而被杀，名列《宋书·恩倖传》中。陵修之、任昙绪二人大抵人品亦不佳，故钟嵘在此一并论之。

孔子即已说及"德"与"言"的关系。《论语·宪问》载其说："有德者必有言，有言者不必有德。"意谓有德者一定有言，但有言者也可能无德。后一句话引入文学领域，特别是到了魏晋南北朝时期，对文人之"德"与"言"的关系有了新的认识。从曹丕《与吴质书》中的"观古今文人，类不护细行，鲜能以名节自立"，到刘勰《文心雕龙·程器》中"盖人禀五材，修短殊用；自非上哲，难以求备"，已非对文人作求全责备。"在品评上，他们主要着眼于作品自身艺术的高下，并不把作家的品行作为审美判断的砝码。这是因为当时文学走向自觉，文学批评注重艺术的个性风格和审美特性，而传统的儒学观念相

对淡薄之敀。"（吴承学《中国古代文体学研究》）

钟嵘"人非文是"即为"人""文"两分之论。在表明不要因人废言的原则之后，"愈有可嘉"一句，殊具舍道德而尊文学之纯粹审美意味。

宋监典事区惠恭①

惠恭本胡人，为颜师伯干②。颜为诗笔，辄偷定之③。后造《独乐赋》，语侵给主，被斥④。及大将军修北第，差充作长⑤。时谢惠连兼记室参军，惠恭时往共安陵嘲调⑥。末作《双枕诗》以示谢⑦。谢曰："君诚能，恐人未重。且可以为谢法曹造⑧，遗大将军⑨。"见之赏叹，以锦二端赐谢。谢辞曰："此诗，公作长所制，请以锦赐之。"

【注释】

①区惠恭：生平不详。诗今不存。

②惠恭本胡人，为颜师伯干：意谓惠恭原是胡人，做

颜师伯的干吏。颜师伯（419—465），字长渊，琅玡临沂（今属山东）人。颜延之族子。官至散骑常侍、尚书仆射，领丹阳尹。干，干吏。供驱使的低级办事者，主文书。

③颜为诗笔，辄偷定之：意谓颜作诗文，惠恭往往私下加以改定。笔，指与诗而言无韵的应用文字。

④"后造《独乐赋》"三句：意谓惠恭后来作了《独乐赋》，文中语意损害了主人颜师伯，因此被斥退。《独乐赋》，今不存。给主，指所服侍之主颜师伯。

⑤及大将军修北第，差充作长：意谓待到大将军刘义康修建府第时，选派惠恭充当工头。大将军，指司徒彭城王刘义康（409—451），曾被封为大将军。作长，作头，即工头。

⑥时谢惠连兼记室参军，惠恭时往共安陵嘲调：意谓谢惠连兼做记事参军时，惠恭时常往共安陵与谢戏谑调笑。嘲调，戏谑调笑。

⑦《双枕诗》：今不存。

⑧谢法曹造：即谢惠连作。谢惠连曾为彭城王刘义康法曹参军，故称。

⑨遗（wèi）：送给。

【评析】

钟嵘述底层诗人区惠恭轶事，趣味盈溢。惠恭颇有才华，惜其一赋一诗皆佚而难睹。陈延杰《诗品注》谓："此篇全叙述区惠恭本事，为佳话之例。于以考见惠恭诗，是祖袭谢法曹者。"

齐惠休上人　齐道猷上人　齐释宝月①

　　惠休淫靡，情过其才②。世遂
匹之鲍照③，恧高、周矣④。羊曜璠
云："是颜公忌照之文，故立休、鲍
之论⑤。"康、帛二胡⑥，亦有清句。
《行路难》，是东阳柴廓所造⑦。宝
月尝憩其家，会廓亡，因窃而有之。
廓子赍手本出都⑧，欲讼此事，乃厚
赂止之。

【注释】

　　①惠休上人（生卒年不详）：本姓汤，名
惠休，字茂远。初为僧，宋孝武帝命其还俗，
仕至扬州从事史。今存诗十一首。道猷上人
（生卒年不详）：本姓冯，改姓帛。山阴（今浙
江绍兴）人。今存诗一首。按，道猷应为宋人，
钟嵘误作齐。释宝月（生卒年不详）：本姓康，
法名宝月。今存诗五首。

　　②惠休淫靡，情过其才：意谓惠休诗过于
绮靡，情思超过了他的才力。

③世遂匹之鲍照：意谓世人将惠休与鲍照并提。《南齐书·文学传论》："休、鲍后出，咸亦标世。"

④恐商、周矣：意谓恐怕惠休的诗比不上鲍照。商、周，语出《左传·桓公十一年》："师克在和，不在众。商、周之不敌，君之所闻也。"

⑤"羊曜璠云"三句：意谓羊曜璠说："因为颜延之忌妒鲍照的诗，所以制造了鲍、休并提的论调。"

⑥康、帛二胡：指康宝月、帛道猷二位胡僧。

⑦《行路难》，是东阳柴廓所造：意谓《行路难》是东阳柴廓所作。《行路难》全诗为："君不见孤雁关外发，酸嘶度扬越。空城客子心肠断，幽闺思妇气欲绝。凝霜夜下拂罗衣，浮云中断开明月。夜夜遥遥徒相思，年年望望情不歇。寄我匣中青铜镜，倩人为君除白发。行路难，行路难。夜闻南城汉使度，使我流泪忆长安。"柴廓，生平不详。

⑧赍（jī）：持。手本：手稿本。一说为打官司的禀帖。

【评析】

钟嵘大抵因惠休、道猷、宝月三人均为诗僧，故同列一品。

宋文帝元嘉二十四年（447），刚刚出任南兖州刺史的徐湛之，于广陵城北筑风亭、月观、吹台、琴室，果竹繁茂，花药成行，招集文士，极游观之乐。此时僧人汤惠休以善属文，辞采绮艳，受到湛之厚遇。孝武帝即位，命其还俗而历任官场。此足证惠休之才非同一般。《怨诗行》一首是其代表作：

　　明月照高楼，含君千里光。巷中情思满，断绝孤妾肠。悲风荡帷帐，瑶翠坐自伤。妾心依天末，思与浮云长。啸歌视秋草，幽叶岂再扬。暮兰不待岁，离华能几芳？愿作张女引，流悲绕君堂。君堂严且秘，绝调徒飞扬。

从题目、诗句和内容看，这首诗与曹植《七哀》诗有明显的渊源关系。曹植《七哀》，《乐府诗集》则以之为《怨诗行》本辞；"明月照高楼"，则直接搬用曹诗原句，而内容都是写闺怨。曹诗或有寓托，而"这首诗虽有意摹仿曹植的《七哀诗》，但感情比较纤细，笔力也显得柔弱，已和梁代一些诗人的作品近似"（曹道衡、沈玉成《南北朝文学史》）。沈德潜《古诗源》卷十一说此诗："禅寂人作情语，转觉入微，微处亦可证禅也。"又说："颜延之谓惠休制作委巷间歌谣耳，方当误后生，岂因其近于艳耶？""近于艳"确是惠休诗的特点，如《江南思》："幽客海阴路，留戍淮阳津。垂情向春草，知是故乡人。"写思乡之情，风调似"吴声""西曲"。又如《杨花曲》其二："江南相思引，多叹不成音。黄鹤西北去，衔我千里心。"陈祚明《采菽堂古诗选》卷十九评道："有《子夜》之风。"

所谓"康、帛二胡"，不止有清句，而篇章亦称佳妙。释宝月《估客乐》二首：

郎作十里行，侬作九里送。拔侬头上钗，与郎资路用。

有信数寄书，无信心相忆。莫作瓶落井，一去无消息。

僧人而作情歌，深挚凄婉。道猷《陵峰采药触兴为诗》颇饶清逸之趣：

连峰数千里，修林带平津。云过远山翳，风至梗荒榛。茅茨隐不见，鸡鸣知有人。闲步践其径，处处见遗薪。始知百代下，故有上皇民。

这首诗或是寄赠竺道壹之作。因采药而触发清兴。前四句写陵峰之景，连绵苍莽。中四句写居山之景，隐约闲澹。结末两句赞叹民风的古朴美好。

宝月窃诗一案，陈延杰《诗品注》说是"佳话之例"。宋长白《柳亭诗话》卷十云："柴廓《行路难》，俚鄙可笑，而宝月窃之，致廓子赍手本欲讼此髡，固是有目如盲，而廓子亦可谓自扬家丑者矣。"《行路难》写游子思妇之情，是以七言为主的乐府诗，钟嵘连带及之，已与《诗品》专评五言无关。因此，宋长白的一段议论，亦可作佳话看待了。

齐高帝 齐征北将军张永 齐太尉王文宪①

齐高帝诗，词藻意深，无所云少②。张景云虽谢文体，颇有古意③。至如王师文宪④，既经国图远，或忽是雕虫⑤。

【注释】

①齐高帝：即萧道成（427—482），字绍伯，南兰陵（今江苏常州）人。宋时累封齐王。废宋自立，建齐。谥号高帝。今存诗二首。张永（410—475）：字景云，吴郡吴（今江苏苏州）人。官至征北将军。诗今不存。按，此句中齐当作宋。王文宪：即王俭（452—489），字仲宝，琅玡临沂（今属山东）人。仕至尚书令。卒赠太尉，谥文宪。今存诗八首。

②词藻意深，无所云少：意谓齐高帝诗文辞华藻，含意深远，不可小视。少，不足。

③张景云虽谢文体，颇有古意：意谓张永诗体虽有不足，但很有古代诗歌的意态。谢，差，逊。文体，指诗歌风格。

④王师文宪：钟嵘与王俭有师生之谊，故有此称。《南史·钟嵘传》："嵘，齐永明中为国子生，明《周易》，卫将军王俭领祭酒，颇赏接之。"

⑤既经国图远，或忽是雕虫：意谓王师文宪，既然考虑治理国家的远大规划，那么或许轻视作诗这些雕虫小技。

【评析】

钟嵘大抵以为萧道成、张永、王俭三人诗歌艺术成就相近，故同列一品。

宋顺帝昇明三年（479），萧道成代宋自立，成为齐王国皇帝。在刘宋时期，萧道成镇淮阴，为明帝所疑，被征为黄门郎，深怀忧虑，见平泽有群鹤，作《群鹤咏》一诗寄意：

八风舞遥翮，九野弄清音。一摧云间志，为君苑中禽。

前两句写鹤有振翅八方之风，嘹唳九州之意，以喻志向宏大。后两句作转，说此志受到摧抑，只能拘囿苑中，难得申展。陈祚明《采菽堂古诗选》卷二十谓："其志如此，其少主臣耶？诗固可以观人怀来矣！"全诗托言比兴，即具"词藻意深"的特点。

王俭究心坟典，以经国为务，在诗歌创作上殊有"壮夫不为"的意思，故成就不高。如《春日家园诗》：

> 徙倚未云暮，阳光忽已收。羲和无停晷，壮士岂淹留。冉冉老将至，功名竟不修。稷契匡虞夏，伊吕翼商周。抚躬谢先哲，解绂归山丘。

写时光流逝、老大无成之感。结以归隐之志，不过是说说而已。而《后园饯从兄豫章诗》：

> 兹夕竟何夕，念别开曾轩。光风转兰蕙，流月泛虚园。

赋别情而流利纤巧，较有韵味。此外如《春诗二首》：

> 兰生已匝苑，萍开欲半池。轻风摇杂葩，细雨乱丛枝。

> 风光承露照，雾色点兰晖。青黄结翠藻，黄鸟弄春飞。

陆时雍《古诗镜》卷十六评第一首："语色轻翠"，评第二首："藻"，二诗都呈现出"齐诗纤巧，琢之字句之间"（同上引）的特色。

齐黄门谢超宗　齐浔阳太守丘灵鞠
齐给事中郎刘祥　齐司徒长史檀超　齐正员郎钟宪
齐诸暨令颜测　齐秀才顾则心①

檀、谢七君，并祖袭颜延②，欣欣不倦③，得士大夫之雅致乎！余从祖正员尝云："大明、泰始中，鲍、休美文，殊已动俗；惟此诸人，传颜、陆体，用固执不移。颜诸暨最荷家声④。"

【注释】

①谢超宗（？—483）：陈郡阳夏（今河南太康）人。谢灵运之孙。齐时官至黄门郎。诗今不存。丘灵鞠（生卒年不详）：吴兴乌程（今浙江吴兴）人。南朝宋、齐间诗人。官至浔阳（今属江西）相。诗仅存残句一联。刘祥（生卒年不详）：字显征，东莞莒（今山东莒县）人。历仕宋、齐二朝。齐时为临川王骠骑从事中郎。诗今不存。檀超（生卒年不详）：字悦祖，高平金乡（今属山东）人。历仕宋、齐二朝。齐时仕至司徒右长史。诗今不存。钟宪（生卒年不详）：颍川长社（今河南长葛西）人。钟嵘从祖父。曾任齐正员郎。今存诗一首。颜测（生卒年不详）：一名颜则。琅玡临沂（今属山东）人。颜延年之子。宋时任江夏王刘义恭大司马录事参军。其为诸暨令事，已难考知。今存诗一首，残句二联。顾则心（生卒年不详）：齐时，举秀才。今存诗一首。

②祗袭颜延：意谓七人诗取法颜延之。颜延，颜延之省称。

③欣欣：喜乐自得的样子。

④"余从祖正员尝云"八句：意谓我的从祖钟宪曾说过，大明、泰始年间，鲍照、汤惠休的诗歌已轰动一时，只有檀、谢七人仍坚持效法颜延之、陆机的诗风。其中颜测与延之诗最相近而能担起家门声望。从祖正员，即正员郎钟宪。

【评析】

钟嵘认为檀、谢等七人诗与颜延之"体裁绮密，情喻渊深"的风格相近，而"得士大夫之雅致"，故同列一品。

谢超宗在刘宋时期即得盛名。曾为殷淑仪作诔文，孝武帝大为嗟赏，说："超宗殊有凤毛，恐灵运复出。"今唯有《齐南郊乐章》等乐府传世。丘灵鞠

诗仅存为宋孝武帝殷贵妃所作挽歌两句："云横广阶暗，霜深高殿寒"，为孝武
帝嗟赏。刘祥性韵刚疏，轻言肆行，因此为人所疾。有《演连珠》十五首以寄
其失意怀抱。诗今不存。檀超诗今亦不存。钟宪仅存《登群峰标望海》一诗，
据《诗纪》引《选诗拾遗》，即《谢宣城集》中《和刘西曹望海》，作者归属尚
有疑问。顾则心仅存《望廨前水竹诗》一首，据《诗纪》引《选诗拾遗》，此
诗亦见《何逊集》，其作者归属难以确定。颜测诗仅存完整的《栀子赞》一首：

　　　　濯雨时摛素，当飙独含芬。丰荣殊未纪，销落竟谁闻？

　　前两句写栀子在风雨中芳素独绝；后两句感叹其未能大放异彩即花叶凋
零，寂寞以终。全诗托物寄意，感慨殊深。从起首两句刻写栀子情态看，或可
窥见其得颜延之诗髓之迹。另有如"云扃息游彩，汉渚起遥光"（《七夕连句
诗》）、"亭席敛徂蕙，澄酒泛初兰"（《九日作北湖联句诗》）等，亦是写景精
微之句。

晋参军毛伯成　宋朝请吴迈远　宋朝请许瑶之①

　　伯成文不全佳②，亦多惆怅。吴善于风人答赠③。许长于
短句咏物。汤休谓远云："吾诗可为汝诗父④。"以访谢光禄，
云："不然尔，汤可为庶兄⑤。"

【注释】
①毛伯成：即毛玄（生卒年不详），字伯成，颍川（今河南长葛东）人。

东晋文人。仕至征西行军参军。《隋书·经籍志》
著录《毛伯成诗》一卷，已散佚。今柏林德国国家
图书馆东方部藏吐鲁番北朝写本魏晋杂诗残卷中，
有毛伯成诗残卷，存残诗十几首（学界有十四、
十一两种说法）。吴迈远（？—474）：南朝宋齐时
诗人。曾为桂阳王刘休范江州从事。今存诗十一
首。许瑶之（生卒年不详）：高阳（今河北蠡县）
人。宋时曾任奉朝请、建安郡丞。今存诗三首。

②文：指诗。

③风人答赠：指五言四句民歌体赠答诗。

④汤休谓远云："吾诗可为汝诗父"：意谓汤惠
休对吴迈远说："我诗可以做你诗的父辈。"汤休，
汤惠休的省称。

⑤"以访谢光禄"四句：意谓拿这话去问谢庄，
谢庄说："不是这样，汤诗可以作庶兄。"庶兄，庶
出之兄。

【评析】

钟嵘大抵认为毛伯成、吴迈远、许瑶之诗歌成
就相当，或"不全佳"，或只善于"风人答赠"，或
擅长"短句咏物"，各有偏诣，故同列一品。

毛伯成是颇为自负的，尝言："宁为兰摧玉折，

不作蒲芬艾荣。"(颜延年《祭屈原文》李善注引《语林》)为人如此，即不免人世坎坷而失志惆怅。考察德藏吐鲁番北朝写本魏晋杂诗残卷中毛伯成残诗，诸如"胸忧成陆沉""否泰无定踪。慨矣生周末，戢我洙泗公""凤鸟时不至，翻飞谁与同"等句，似多有生当乱世而壮怀难酬的感怀与人生无定的忧叹。吴迈远为人亦好自夸而自视甚高，每当写出自认为好的诗句，便掷地呼曰："曹子建何足数哉！"而宋明帝却对其诗颇有不屑，说："此人连绝之外，无所复有。"(《南史·文学传·檀超传》)其"风人答赠"即是所谓五言四句的连绝体。《玉台新咏》卷四收录吴迈远拟乐府四首(《飞来双白鹄》《阳春曲》《长别离》《长相思》)。陈延杰认为"皆寓答赠之意"(《诗品注》)。如《长别离》：

> 生离不可闻，况复长相思。如何与君别，当我盛年时。蕙华每摇荡，妾心空自持。荣乏草木欢，悴极霜露悲。富贵貌难变，贫贱颜易衰。持此断君肠，君亦宜自疑。淮阴有逸将，折翮谢翻飞。楚有扛鼎士，出门不得归。正为隆准公，仗剑入紫微。君才定何如？白日下争晖。

诗之前半写思妇于盛年与君别离，而自然草木荣悴感荡于心，不胜凄怨。后半用韩信功成后被斩、楚霸王项羽纵横一世而败死乌江，最终刘邦定鼎天下的历史典实，说明追求功业的危殆。通篇以思妇口吻出之，巧寓事理。陆时雍《古诗镜》卷十五说此诗"儿女谲讽"，即道出了这一特色。

许瑶之《咏楠榴枕诗》："端木生河侧，因病遂成妍。朝将云髻别，夜与蛾眉连。"楠榴，即所谓木之结者，又称木瘿，故有因病成妍之语。此诗由楠榴枕写到美人与之朝夕流连的婉变情态，短句咏物而迁想妙得，似寄寓孤凄之感。

齐鲍令晖 齐韩兰英①

　　令晖歌诗，往往崭绝清巧，拟古尤胜②。唯《百愿》淫矣③。照尝答孝武云："臣妹才自亚于左芬④，臣才不及太冲耳。"兰英绮密⑤，甚有名篇。又善谈笑，齐武以为"韩公"。借使二媛生于上叶⑥，则"玉阶"之赋⑦，"纨素"之辞⑧，未诅多也⑨。

【注释】

　　①鲍令晖（生卒年不详）：东海（今山东临沂）人。鲍照妹。今存诗七首。按，令晖卒于鲍照之前，应为宋人。韩兰英（生卒年不详）：一作韩蔺英。吴郡（今江苏苏州）人。南朝宋齐时女诗人。今存诗一首。

　　②"令晖歌诗"三句：意谓鲍令晖诗往往非同一般，清新工巧，拟古尤其出色。崭绝，卓越不凡。

　　③《百愿》：诗今不存。按，此句一作"唯百韵淫杂矣"。

　　④左芬（256？—300）：名一作菜。齐国临淄（今属山东）人。左思妹。西晋武帝贵嫔。今存诗一首。

　　⑤绮密：绮丽细密。

　　⑥二媛：指鲍令晖、韩兰英。媛，女子的美称。上叶：前代。

　　⑦"玉阶"之赋：指班婕妤《自悼赋》。因中有"华殿尘兮玉阶苔"句，故以代称。

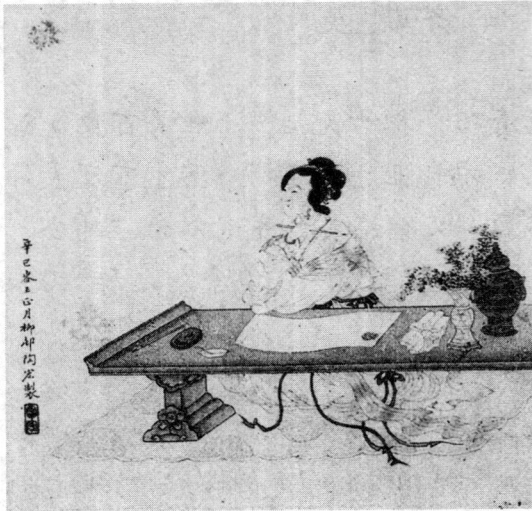

⑧"纨素"之辞：指传为班婕妤所作《怨歌行》。因中有"新裂齐纨素"句，故以代称。

⑨未讵多也：未曾算好了。讵，曾。多，胜过。

【评析】

钟嵘以鲍令晖、韩兰英并为才媛，故同列一品。

鲍令晖拟古之作如《拟青青河畔草诗》、《拟客从远方来诗》、《题书后寄行人诗》等，均较为出色。《拟青青河畔草诗》云：

袅袅临窗竹，蔼蔼垂门桐。灼灼青轩女，泠泠高堂中。明志逸秋霜，玉颜掩春红。人生谁不别，恨君早从戎。鸣弦惭夜月，绀黛羞春风。

这首诗拟《古诗十九首》中的《青青河畔草》：

青青河畔草，郁郁园中柳。盈盈楼上女，皎皎当窗牖。娥娥红粉妆，纤纤出素手。昔为倡家女，今为荡子妇。荡子行不归，空床难独守。

两首诗都写思妇，内容却有不同。原诗是写"昔为倡家女，今为荡子妇"的春日寂寞与相思，拟诗则写征人思妇之情。艺术上，两诗都有对季节景物、仪容姿态和人物心理的刻写，及叠字的运用。这当然是拟诗的应有之义。但鲍令晖诗亦表现了"崭绝清巧"的艺术个性。如"明志逸秋霜，玉颜掩春红"两句，写其节操容貌，"逸""掩"等字的琢炼很见功夫。此外如《题书后寄行人》之"物枯识节异，鸿归知客寒"两句，亦见巧思。

韩兰英今仅存《为颜氏赋诗》一首：

> 丝竹犹在御，愁人独向隅。弃置将已矣，谁怜微薄躯。

《金楼子·箴戒》载，齐郁林王时，有位颜氏女子，因丈夫嗜酒，父母强迫她离开夫家，入宫中任职。宋明帝命时任后宫司仪的韩兰英以此事为题赋咏，她便写了这首诗。明帝被诗中婉转凄恻的情感所打动，放颜氏女回家。这首诗代人立言，并未见绮密特色。

齐司徒长史张融 齐詹事孔稚珪①

思光诗缓诞放纵，有乖文体②。然亦捷疾丰饶，差不局促③。德璋生于封溪，而文为雕饰，青于蓝矣④。

【注释】

①张融（444—497）：字思光，吴郡吴（今江苏苏州）人。宋孝武帝时出为封溪令。齐时，官至司徒右长史。今存诗五首。孔稚珪（447—501）：字德璋，会稽山阴（今浙江绍兴）人。张融外弟。齐时，官至太子詹事。有《孔詹事集》。

②思光诗缓诞放纵，有乖文体：意谓张融诗纡徐舒缓怪诞放纵，违反诗歌应有的体貌。乖，违反。

③然亦捷疾丰饶，差不局促：意谓张融却也诗思敏捷而丰富，颇不局促。差，颇，很。

④"德璋生于封溪"三句：意谓孔稚珪诗出于张融，但注重雕饰，青出于蓝了。青于蓝，即"青出于蓝而胜于蓝"之意。

【评析】

孔稚珪与张融有亲缘关系，且从张融学诗而有出蓝之胜，故两人同列一品。

张融行止诡异乖僻，自负放诞，善于言辩，似《世说新语》中人物。齐高帝说他"此人不可无一，不可有二"（《南史》本传）。明张溥说他"诡越惊人，似一狂士"（《汉魏六朝百三家集·张长史集题辞》）。尝自言："不恨我不见古人，所恨古人又不见我。"临终作《遗令》说："吾平生所善，自当陵云一笑。三千买棺，无制新衾。左手执《孝经》《老子》，右手执小品《法华经》。妾二人哀事毕，各遣还家。"又颇以文章自负。其《门律自序》称："吾文章之体，多为世人所惊。"又说："吾之文章……政以属辞多出，比事不羁，不阡不陌，非途非路耳。"可见他在文学上有意追求奇崛不凡。其《箫史曲》云：

引响犹天外，吟声似地中。戴胜噪落景，龙喷清霄风。

刘向《列仙传》载，秦穆公时的萧史善于吹箫，能引得白孔雀来于庭中。以此为媒，穆公女儿弄玉嫁给了他，萧便每天教她吹箫，声如凤鸣，凤凰来止其屋，穆公为筑凤台。后两人双双随凤仙去。此诗以此为本事，歌咏箫声。前两句写箫声高亮，弥漫天地之间。后两句用西王母善啸的语典，复以龙吟的渲染，写箫声的动人效果。全诗如虎啸风生，龙腾云起，气概不凡。此外如《别诗》：

白云山上尽，清风松下歇。欲识离人悲，孤台见明月。

前两句写别后之景，后两句状别离之愁。善以景语言情，含蓄蕴藉。陈祚明《采菽堂古诗选》卷二十一谓："竟是唐人，翻以稍拙见异。"

孔稚珪风韵清疏，与外兄张融情趣相投。史称其"不乐世务，居宅盛营山水，凭机独酌，傍无杂事。门庭之内，草莱不剪，中有蛙鸣"，并笑对客说："我以此当两部鼓吹"（《南齐书》本传）。以《北山移文》最为人传诵。其《游太平山》诗云：

石险天貌分，林交日容缺。阴涧落春荣，寒岩留夏雪。

前两句说林石高耸，几乎将天日都遮住了。后两句言山涧阴寒，春花几乎为之凋谢，夏季仍积雪岩间。张玉毂《古诗赏析》卷十八谓："四句皆写景，而炼句特奇辟，亦是一格。"

齐宁朔将军王融　齐中庶子刘绘①

元长、士章，并有盛才，词美英净②。至于五言之作，几乎尺有所短③。

譬应变将略，非武侯所长，未足以贬卧龙④。

【注释】

①王融（467—493）：字元长，琅玡临沂（今属山东）人。竟陵王萧子良以为宁朔将军军主。有《王宁朔集》。刘绘（458—502）：字士章，彭城（今江苏徐州）人。齐时，为太子中庶子、长沙内史等。今存诗八首。

②词美英净：文词华美明净。

③至于五言之作，几乎尺有所短：意谓王融、刘绘虽有盛才，而五言诗却非二人所长。尺有所短，语出《楚辞·卜居》：“夫尺有所短，寸有所长。”

④“譬应变将略”三句：意谓譬如应变战略非诸葛亮所长，但不足以由此贬低卧龙先生一样，对于二人短于五言诗亦应作如是观。武侯、卧龙，均指诸葛亮。

【评析】

钟嵘着眼于王融、刘绘两人诗艺优劣之同，故列为一品。

王融与沈约、谢朓并为“永明体”的创始者，钟嵘《诗品序》说：“王元长创其首，谢朓、沈约扬其波。”又对其诗“辞不贵奇，竞须新事”，即好用典的做法深致不满。但王融诗歌，以“词美英净”擅胜，如《临高台》：

　　游人欲骋望，积步上高台。井莲当夏吐，窗桂逐秋开。花飞低不入，鸟散远时来。还看云栋影，含月共徘徊。

写景清新流丽，言情颇有余味，与谢朓诗风相近。《古意诗二首》为唐释皎然、日释空海推为齐梁佳作：

游禽暮知反，行人独未归。坐销芳草气，空度明月辉。飒容入朝镜，思泪点春衣。巫山彩云没，淇上绿杨稀。待君竟不至，秋雁双双飞。

霜气下孟津，秋风度函谷。念君凄以寒，当轩卷罗縠。纤手废裁缝，曲鬓罢膏沐。千里不相闻，寸心郁纷蕴。况复飞萤夜，木叶乱纷纷。

二诗均拟写闺怨，所谓男子作闺音，代思妇抒写缠绵心曲。其一写思妇自春至秋的相思之情。禽类日暮尚知回返，而游子至今竟未归家。思妇不堪在春风秋月中独守空闺，感红颜易老而揽镜自照，寂寞的泪水打湿了春衫。当初欢会的情景已渐成过往，而今不觉节物变换，秋燕双飞。其二专言闺中秋思，以"霜气下孟津，秋风度函谷"开篇，阔远苍凉。思妇牵系游子秋冷衣单，裁衣而不辞劳苦。但人远音稀，山长水阔，不禁内心烦郁。结末以"况复飞萤夜，木叶乱纷纷"的衰飒秋景收束，哀凉之情见于言外。两诗感物寄情，情景兼融，风格华美流畅，确属佳作。

刘绘为当时后进领袖，"丽雅有风"（《南齐书》本传）。多有与谢朓、沈约等唱和之作，诗风亦与之相近。《入琵琶峡望积布矶呈玄晖诗》云：

江山信多美，此地最为神。以兹峰石丽，重在芳树春。照烂虹蜺杂，交错锦绣陈。差池若燕羽，崱屴似龙鳞。却瞻了非向，前观已复新。翠微上亏景，青莎下拂津。巉岩如刻削，可望不可亲。昔途首遐路，未获究清尘。誓将返初服，岁暮请为邻。

积布山，俗谓积布矶，在今湖北武穴市西南，南临大江，垒石壁立，形如积布。这首诗极写积布山的奇险神妙，及"却瞻了非向，前观已复新"的前后顾恋触目生新的感受。最后四句以与谢朓把晤无缘，欲摆脱尘累相与为伴作

结，寄怀高远。写景奇丽，刻画入神，近于谢朓笔触。《咏博山香炉诗》与此诗善写景物相似，杂以神仙胜迹，更加藻饰幻缈。另如小诗《有所思》：

> 别离安可再，而我更重之。佳人不相见，明月空在帷。共衔满堂酌，
> 独敛向隅眉。中心乱如雪，宁知有所思。

此诗如钟嵘所称，"词美英净"。张玉穀《古诗赏析》卷十八分析道："此闺怨诗。前四，将别离翻深一层再翻深一层，落出佳人不见，更以明月在帷虚拓一笔，有所思意已跃然言下。后四，忽以满堂酌酒，剔出愁人向隅，正写思矣，却以心乱如雪，宁知有思，翻空收住，真无一笔直，一笔实也。"

齐仆射江祏 祏弟祀[①]

祏诗猗猗清润[②]。弟祀，明靡可怀[③]。

【注释】

①江祏（shí，？—499）：字弘业，济阳考城（今河南兰考）人。历仕宋齐二朝。齐时，官右仆射。后与弟祀欲立始安王萧遥光为帝，事败，兄弟同时被杀。诗今不存。祀：江祀（？—499），字景昌。官至南东海太守。诗今不存。

②祐诗猗猗清润：意谓江祐诗美好而清新温润。猗猗，美盛的样子。

③弟祀，明靡可怀：意谓其弟江祀诗，明净华靡，令人回味感怀。

【评析】

　　钟嵘评江祐诗而及于其弟江祀，大抵是因其诗风相近之故。许文雨《钟嵘诗品讲疏》说："仲伟评祐、祀兄弟诗，清靡明润。亦可谓'鲁、卫之政'矣。惜其诗并佚耳。""鲁、卫之政"，语出《论语·子路》："子曰：'鲁、卫之政，兄弟也。'"鲁、卫两国都是姬姓国。周公旦封鲁，其弟康叔封卫，孔子故有此语。

齐记室王中　齐绥建太守卞彬　齐端溪令卞铄①

　　王中、二卞诗，并爱奇崭绝。慕袁彦伯之风②。虽不弘绰③，而文体剿净④，去平美远矣⑤。

【注释】

①王中（chè，？—505）：字简栖，琅玡临沂（今属山东）人。官征南记室。诗今不存。按：王中，一作王巾。卞彬（生卒年不详）：字士蔚，济阴冤句（今山东定陶西南）人。官绥建太守。诗今不存。卞铄（生卒年不详）：曾为丹阳主簿。诗今不存。

②袁彦伯：即袁宏，字彦伯。

③弘绰：宏大宽绰。

④劁净：矫健轻捷。

⑤平美：平正娴美。

【评析】

　　王中惟有《头陀寺碑文》见于《文选》，所谓文辞巧丽，为世所重（李善注引《姓氏英贤录》）。他与二卞诗俱不传，难知其详，但诗风好尚相近。卞彬赋作多指刺，曾拟赵壹《穷鸟》而为《枯鱼赋》，性情与赵壹略同。卞铄亦好以诗赋讥刺世人。由此推论，王中应与二卞性情约略一致。

齐诸暨令袁嘏①

　　嘏诗平平耳，多自谓能②。尝语徐太尉云③："我诗有生气，须人捉着。不尔④，便飞去。"

【注释】

　　①袁嘏（生卒年不详）：陈郡（今河南淮阳）人。齐时，为诸暨令。诗今不存。

　　②嘏诗平平耳，多自谓能：意谓袁嘏

诗很一般，他却自以为很有诗才。

③徐太尉：指徐孝嗣（？—499），齐和帝时追赠其为太尉。

④不尔：不然。

【评析】

袁嘏与徐孝嗣论诗语甚佳，可入《世说新语》。何文焕《历代诗话考索》谓：“此语隽甚。坡仙云：‘作诗火急追亡逋’，似从此脱化。”

苏轼因反对新法而被贬为杭州通判。熙宁四年（1071）岁末初到杭州时作了《腊日游孤山访惠勤惠思二僧》一诗。此诗前四句状写游孤山所见之景：“天欲雪，云满湖，楼台明灭山有无。水清石出鱼可数，林深无人鸟相呼。”中间写踏访孤山二位有道高僧，其居于孤山孤绝之处，纸窗竹屋，蒲团坐睡，岁月静好。而近晚苏轼始归，回望云树环合的孤山，野鹘绕塔盘飞。最后四句是：“兹游淡薄欢有余，到家恍如梦蘧蘧。作诗火急追亡逋，清景一失后难摹。”游后余兴犹在，到家已是前踪如梦。急急作诗，怕诗情飞去，清景再难追摹。这后两句实是揭示了捕捉诗之倏忽变幻的艺术灵感的妙谛。吴文溥《南野堂笔记》卷二云：“盖眼前景，说得着，便是佳句。此可为知者道耳。”

齐雍州刺史张欣泰　梁中书郎范缜①

欣泰、子真，并希古胜文②，鄙薄俗制③，赏心流亮，不失雅宗④。

【注释】

①张欣泰（456—501）：字义亨，竟陵（今属湖北）人。齐末，官至雍州刺史。诗今不存。范缜（生卒年不详）：字子真，南乡舞阴（今河南泌阳）人。梁时，官中书郎。今存诗一首。

②希古胜文：仰慕古道，诗风质朴。希古，夏侯湛《东方朔画赞》："临世濯足，希古振缨。"胜文，《论语·雍也》："子曰：质胜文则野，文胜质则史。"

③鄙薄俗制：意谓看不起世俗流行之作。俗制，此指当时以沈约、谢朓、王融等为代表的新体诗。

④赏心流亮，不失雅宗：意谓张欣泰、范缜的诗，赏心悦目，清朗鲜明，不失雅正一派。流亮，即浏亮。雅宗，雅正一派。

【评析】

张欣泰出身将门却不乐武职，自谓："性怯畏马，无力牵弓"，颇好诗酒风流。（《南齐书》本传）范缜以主张"神灭论"著称，亦能诗。《南史》本传载其"年二十九，发白皤然，乃作《伤暮诗》《白发咏》以自嗟"。二人同品，都是诗尚古质的缘故。

齐秀才陆厥①

观厥《文纬》②，具识文之情状。自制未优③，非言之失也。

晓起添妆迎合情人 不知芳時唯自悦明镜 眉怅之 兄大人雅正 紫英李陈炤

【注释】

①陆厥（472—499）：字韩卿，吴郡吴（今江苏苏州）人。州举秀才，仕至后军行参军。今存诗十一首。

②《文纬》：或是陆厥论诗之作。

③自制未优：意谓陆厥诗却不佳。

【评析】

钟嵘以为陆厥论诗很有见地，其诗作却未臻上品。

陆厥今存多乐府诗，亦有佳作或佳句。其《齐歌行》《南郡歌》《邯郸行》《中山王孺子妾歌》（其二）、《奉答内兄希叔诗五章》，都是很好的作品。如《中山王孺子妾歌》其二：

> 如姬寝卧内，班婕坐同车。洪波陪饮帐，林光宴秦余。岁暮寒飙及，秋水落芙蕖。子瑕矫后驾，安陵泣前鱼。贱妾终已矣，君子定焉如。

《文选》李周翰注说："厥作是歌，以刺人情变移也。"前四句写战国魏安釐王宠妃如姬常出入魏王寝室，西汉班婕妤使得成

帝欲与之同辇，她们都曾在洪波台、林光殿中宴饮，可见宠幸之极。"岁暮"两句写景，实则喻色衰宠弛。后四句用弥子瑕、龙阳君（陆厥误为安陵君）典故，以抒忧惧之情。弥子瑕是春秋时卫灵公的宠臣，曾私自驾灵公车去看望急病的老母，按卫国律法，窃驾君车者，当受刖刑，而灵公却颇为称赏他的孝心而不治其罪。及弥子瑕失宠，灵公又以此为罪。龙阳君是战国时魏王宠臣，曾与魏王一同钓鱼，龙阳君得鱼愈多反而大哭，魏王问他为何如此，他说如同我得鱼愈大且多想要弃掉前得小鱼一样，害怕君王得更多宠人而自己失宠。全诗典实的运用、景物点染及心理刻画，都见特色。此外，如"玄豹空不食，南山隐云雾"（《齐歌行》）、"玉齿徒粲然，谁与启含贝"（《南郡歌》）等，亦足称妙句。

梁常侍虞羲　梁建阳令江洪①

子阳诗奇句清拔②，谢朓常嗟颂之。洪虽无多，亦能自迥出③。

【注释】

①虞羲（生卒年不详）：字子阳，一说字士光。会稽余姚（今属浙江）人。梁时，为晋安王侍郎。钟嵘所言常侍，不详所出。今存诗十三首。江洪（生卒年不详）：济阳考城（今属河南）人。梁初曾为建阳令。今存诗十八首。

②清拔：清新挺拔。

③迥出：优异出众。

【评析】

钟嵘以虞羲、江洪二人诗作不同于流俗，故同列一品。

虞羲以《咏霍将军北伐诗》为《文选》卷二十一收录，是其清拔诗风的代表：

> 拥旄为汉将，汗马出长城。长城地势险，万里与云平。凉秋八九月，虏骑入幽并。飞狐白日晚，瀚海愁云生。羽书时断绝，刁斗昼夜惊。乘墉挥宝剑，蔽日引高旍。云屯七萃士，鱼丽六郡兵。胡笳关下思，羌笛陇头鸣。骨都先自詟，日逐次亡精。玉门罢斥堠，甲第始修营。位登万庾积，功立百行成。天长地自久，人道有亏盈。未穷激楚乐，已见高台倾。当令麟阁上，千载有雄名。

霍去病是西汉名将，初从卫青出击匈奴即以功封冠军侯。元狩二年（前121）为骠骑将军，两次大败匈奴，控制河西地区，打开通西域道路。元狩四年，又与卫青一起出击匈奴，他深入代、右北平二千余里，封狼居胥山。汉武帝为他建造府第，他拒绝说："匈奴未灭，无以家为也。"此诗歌咏霍去病的功业，并寄寓了深深的景仰之情。开头四句总写汉将立功边塞，不辞长城地险、驱驰万里的气概。接着六句，具体写胡骑入寇，边防紧急的情形。"乘墉"六句，写出汉将出击，军容威武壮盛的阵势。"骨都"六句，写匈奴首领（骨都侯、日逐三）望风披靡，北伐告捷，汉将归朝受赏。最后六句，写霍身死之后的命运，似有凭吊之意，而终获图画入麒麟阁的殊荣，亦得以垂名千古。陈祚明《采菽堂古诗选》卷二十八谓："高壮，开唐人之先，已稍洗尔时纤卑习气矣。"其《橘诗》亦与此诗之风骨遒劲同调：

　　　　冲飙发陇首，朔雪度炎洲。摧折江南桂，离披漠北楸。独有凌霜橘，
　　荣丽在中州。从来自有节，岁暮将何忧！

　　此咏赞橘之处恶劣环境中的劲节高标，托物言志而颇具刚健之气。王夫之
《古诗评选》卷五谓："子阳留心雅制，于体欲备，老笔沉酣，足以逮之，不问
当时俗赏。"

　　另方面，虞羲又有如《春郊诗》这样的靡丽之作：

　　　　光风转蕙亩，香雾郁兰津。喧迟蝶弄葤，景丽鸟和春。樵歌喧垄暮，
　　渔枻乱江晨。山中芳杜若，依依独思人。

　　景物艳丽，香气扑人；对仗的工炼，辞藻的繁饰，都饶具齐梁之风。

　　江洪《秋风曲三首》、《胡笳曲二首》，都是秀异出众之作。如《秋风曲》
其三：

　　　　北牖风摧树，南篱寒蛩吟。庭中无限月，思妇夜鸣砧。

　　前两句写哀凉之景，三句转写庭中月色，最后落到思妇。陈祚明《采菽堂

古诗选》卷二十八谓："三首并极酸瑟，而此首后二句尤佳。三句转，忽接四句，意语外娑，然是绝句妙法。"《胡笳曲二首》：

　　藏器欲遯时，年来不相让。红颜征戍儿，白首边城将。

　　落日惨元光，临河独饮马。飂飀夕风高，联翩飞雁下。

成书评云："语极斩截，韵极铿锵，壮志悲音，如听清笳暮奏。"（转引自许文雨《钟嵘诗品讲疏》）

　　另外，江洪亦多咏歌姬、咏舞女之作，轻艳纤靡，这大抵与时代风气有关。

梁步兵鲍行卿 梁晋陵令孙察①

行卿少年，甚擅风谣之美②。察最幽微，而感赏至到耳③。

【注释】

①鲍行卿（生卒年不详）：东海郯县（今山东郯城）人。梁时官至步兵校尉。诗今不存。孙察：生平不详。诗今不存。

②风谣：歌谣。

③察最幽微，而感赏至到耳：意谓孙察诗深远细致，是极强的感悟鉴赏力所致。至到，极为深透精到。

【评析】

鲍行卿好韵语，以博学大才著称（《南史》卷六二《鲍泉传》附），惜其诗不存。孙察之"最幽微"与"感赏至到"或有关系。陈延杰《诗品注》说："诗人感赏之情至到，则诗境幽微，此为情而造文也。"然对"为文造情"之说，论者或提出异议。陈元胜《诗品辨读》说，全书结尾这则诗评照应了《诗品序》中"气之动物，物之感人，故摇荡性情，形诸舞咏……动天地，感鬼神，莫近于诗"的意旨，"或者说是'感赏至到'，使其五言作品的意境深沉细微（幽微），值得称道。此亦再次体现出'观古今胜语，多非补假，皆由直寻'。这正是钟嵘诗论精华之所在"。